悪役令嬢に転生した私と
悪役王子に転生した俺
2
Shusaku
秋作
[Illust]
やこたこす

アーノルド＝ハーディン
ミミリア＝ボルドール
「悪役令嬢を降板した
あなたに用はないわ！」
「僕の方が、兄上よりも
君を幸せにできるのに！」
ナタリー＝シャーレット
「お姉様もミミリアも……
どうしてここにいるのよ!?」

波乱の舞踏会
エディアルド＝ハーディン
クラリス＝シャーレット
原作小説では、アーノルドが
「真実の愛を見つけた」と宣言し、
ミミリアこそが聖女であると打ち明ける名場面。
けれど、現実は愛憎入り乱れて——!?

ラスボス、降臨！
ディノ＝ロンダーク
ついに現れた魔族の皇子は、
人間の中から
『黒炎の魔女』を見出す――！

悪役令嬢に転生した私と悪役王子に転生した俺 2

秋作 Shusaku

[Illust] やこたこす

口絵・本文イラスト：やこたこす
デザイン：杉本臣希

CONTENTS

プロローグ —— 004

第一章　悪役達の舞踏会 —— 011

第二章　囯王謁見 —— 096

第三章　悪役達の秋休み —— 122

第四章　苛立ちの第二側妃 —— 194

第五章　魔族の皇子 —— 206

エピローグ —— 246

プロローグ

「……そう。ベリオースは死んだのね」

「はい。遺体は山中に埋《う》めました。魔物《まもの》が多い所ですから、掘《ほ》り起こされて喰《く》われているかもしれませんが」

「そう」


私の名はテレス＝ハーディン。

ハーディン王国の第二側妃《そくひ》。皆《みな》は私のことを『王国の紅き薔薇《ばら》』と呼んでいるわ。

今は執務室《しつむしつ》でワインを飲みながら部下の報告を聞いているところ。

黄金のグラスには血の色のような紅いワインが入っている。

横のデスクには私の秘書が座《すわ》っている。

書類は全部この子が書いてくれるから助かるの。私はサインをすればいいだけだから。

私の側《そば》にいる秘書だもの。容姿は厳選したわ。

寂《さび》しくなった時には夜の相手もしてもらっているの。本当に従順でいい子よ。

秘書の金髪《きんぱつ》を見た私はふと、同じ髪《かみ》の毛の色をした第一王子のことを思い出す。

「……それにしても、エディアルド＝ハーディン。彼《かれ》に一体何があったのかしら？　あの子にベリオースを解雇《かいこ》するような気概《きがい》があったようには思えないのだけれど」

「最近、こちらが送ったメイドも解雇されました。仕事のできない人間は必要がないと言われたそうです」

フードを深く被《かぶ》り、私の前に跪《ひざまず》いて報告する部下の口元は苦々しく歪《ゆが》んでいた。

本当に、いつからそんな小賢《こざか》しくなったのかしら。まさか他の魔術師《まじゅつし》を教師として雇《やと》うとは思わなかったわ。

私は軽く舌打ちをしてから、サイドテーブルにワイングラスを乱暴に置く。あら、ワインがこぼれたわね。テーブルクロスに染《し》みができてしまったわ。

「王妃に似て愚《おろ》かな子だと思って油断していたわ……あるいは、誰《だれ》かに吹《ふ》き込《こ》まれたのかしら？」

「私の見解だと、エディアルド殿下《でんか》が変わったのは丁度、シャーレット侯爵家令嬢《こうしゃくけれいじょう》であるクラリスと出会ってからのように思えます。もしかしたら、彼女《かのじょ》が入れ知恵《ぢえ》をしたのでは？」

「あら、少しは賢《かしこ》い娘《むすめ》なのね？」

誰かが馬鹿《ばか》王子に入れ知恵をしたのであれば納得《なっとく》だわ。

人はそんなに急に変わることはできないものよ。

だけどあの馬鹿王子の評判を上げるなんて大した娘ね。敵だったら厄介《やっかい》だけど、こちら側に取り込めば、素晴《すば》らしい駒《こま》になるわ。

部下は淡々《たんたん》とした口調で報告を進める。

「学業の成績を見る限り、彼女はトップクラス。本来ならSクラスにいても良い人材なのですが、婚《こん》約者《やくしゃ》であるエディアルド殿下と共に勉学に励《はげ》めるよう、学園側が同じAクラスにしたそうです」

「クラリス＝シャーレット……元々アーノルドの婚約者候補に挙がっていた娘ね」

「クラリス侯爵令嬢の傲慢《ごうまん》ぶりに、父親であるシャーレット侯爵や、ベルミーラ夫人は辟易《へきえき》としていたそうですが」

「あくまで社交界の噂《うわさ》ね。確かクラリスはベルミーラの継子《ままこ》だったわよね。ふふふ、よくあることだわ。気に入らない継子を陥《おとしい》れる為《ため》に、継母が社交界に悪い噂を広めるって」

「……さ、左様でございますね」

部下はフードの下、何とも言えない表情を浮《う》かべている。

そういう私は王妃の子であるエディアルドの悪評を社交界に流すよう、この男に命じているものね。自分のことは思い切り棚《たな》に上げている自覚はあるわよ。

ベルミーラと私は考え方が似ているのかしらね。彼女が考えていることは手に取るように分かるもの。

「クラリス侯爵令嬢の噂を聞いていたアーノルド殿下は彼女を厭《いと》い、顔合わせの場でもあるお茶会には参加しませんでした」

「あらまぁ、会うくらいすれば良かったのに。あの子は素直《すなお》なところは良いのだけど、噂を鵜呑《うの》みにするのは考えものね」

私は深く溜息《ためいき》をついてから、ワインをまた一口飲む。

あの子は容姿も勉学も、剣術《けんじゅつ》も魔術も完璧《かんぺき》だわ。でもいささか思慮《しりょ》に欠けているところがある。

その方が私にとっては都合がいい時もあるのだけど、私も常にあの子を支えることはできないわ。

私に代わるアーノルドの補助役が必要ね。

グラスが空になると、近くにいた給仕《きゅうじ》の娘がすかさず歩み寄りゆっくりとワインを注ぐ。彼女の手がかすかに震《ふる》えているのを見て、私はふっと笑《え》みを浮かべた。

「あら……あなた新しい娘ね」

「は、はい」

ワインを注ぐ手を一度止め、娘は返事をする。

まだ二十歳《はたち》にもなっていないわね。

今はメイド服に身を包んでいるけど、艶《あで》やかなブラウンの髪、色白の肌《はだ》が印象的で、給仕として働かせるのは勿体《もったい》ないくらい美しいわね。

名が書かれたネームプレートを見てみる。聞いたこともない家名ね。恐《おそ》らく、平民上がりの騎士《きし》爵《しゃく》の娘でしょうね。

秘書が書類を書く手を止めて、惚《ほう》けたように女性を見詰《みつ》めている……あら、私以外の女を長く見詰めすぎだわ。

娘もまた秘書と目が合い、恥《は》ずかしそうに俯《うつむ》いている。容姿端麗《たんれい》な彼と目が合った女性は大抵《たいてい》そのような反応をするけど。

駄目《だめ》よ、二人とも仕事中によそ見をしたら。

私はそんな二人の様子にクスッと笑ってから、給仕の娘に命じた。

「ワインはギリギリまで注ぐの。溢《あふ》れるか溢れないかのすれすれまでよ」

「は……はい」

娘は震える手でワインを先程《さきほど》よりもゆっくりと注ぐ。そして溢れそうになるすれすれで手を離《はな》した。

なんとか溢れずに注げた、と娘が安堵《あんど》したのを見て、私はサイドテーブルの脚《あし》を軽く蹴《け》った。わずかな振動《しんどう》でグラスの縁《ふち》からワインが一滴《いってき》したたり落ちたわ。

「……っっ」

「残念、不合格ね。ワインも注げないような給仕はいらないわ」

私はワイングラスの傍《かたわ》らに置いてある手持ちベルを鳴らした。

すると二人の屈強《くっきょう》な兵士達が現れ、娘の両脇《りょうわき》を捕《と》らえた。

「処分して頂戴《ちょうだい》」

「「承知しました」」

私の命令に兵士達は無感情な声で答える。

娘は顔を蒼白《そうはく》にし、涙目《なみだめ》になって訴《うった》えた
「テレス妃殿下、なにとぞご慈悲《じひ》をっっっ！　魔物討伐《とうばつ》で負傷した兄に代わり、幼い弟妹《ていまい》の為に私が働かねばならないのです！」

「そんなの知らないわ」

怪我《けが》をした兄？　幼い弟妹？　ほぼ平民の娘とその家族がどうなろうと私の知ったことじゃないわ。

給仕の娘は助けを求めるように秘書の方を見た。でも彼は気まずそうに目をそらすだけ。あんたなんか助けるわけないでしょ？　彼は私の可愛《かわい》い忠犬なの。

悲痛な娘の声が部屋中に響《ひび》き渡《わた》る……あらあら五月蠅《うるさ》いこと。やっぱり卑《いや》しい平民は動物と同じなのね。

「早く連れていって頂戴」

兵士二人は引きずるように娘を連れて出ていったわ。

嫌《いや》ね、廊下《ろうか》にまで五月蠅い悲鳴が聞こえるわ。

部下は何事もなかったかのように、続けて報告をする。

「調べたところ、クラリス侯爵令嬢は噂とは程遠い人物のようです。クラスメイト達《たち》からの人望も厚く、寮《りょう》の生活態度も模範《もはん》的。貴族とは思えない程質素な生活を心がけているようです」

「結婚相手としては理想的ね」

「エディアルド殿下はクラリス侯爵令嬢を一目見て気に入られたようで、自分の婚約者にすると陛下に訴えたそうです。アーノルド殿下はそれを聞き、二人の仲を祝福したとか。その為、二人の婚約はあっさりと決まったそうです」

「我が儘《まま》な令嬢を兄に押《お》しつけられた、と内心喜んでいたわけね……本当に馬鹿な子。みすみす極上品を敵に渡すなんて」

私はワインを一気に飲み干した。

ふふふ……ボトル一本あけたわね。少し飲み過ぎたかしら？　ちょっといい気分になってきたわ。

私は弾《はず》んだ声で部下に言った。

「今からでもあの娘をこちらに取り込むことはできないかしら？」

テーブルの上にくるくると円を描《えが》きながら楽しげに呟《つぶや》くと、部下はハッと顔を上げる。

「まさか、クラリス＝シャーレットを再びアーノルド殿下の婚約者に？」

「本来はあの子の婚約者候補だったのよ？」

「しかしアーノルド殿下はクラリス嬢を嫌《きら》っているのでは？」

「政略結婚なんて好き嫌いでするものじゃないわよ」

私だって好き好んで国王と結婚したわけじゃないわ。でも私に富と権力を与《あた》えてくれるのはあの男だけ。

今必要なのは、アーノルドに欠けているものを補ってくれる娘よ。

本人達の意思なんか関係ないわ。

私は高揚《こうよう》した気分で、秘書に向かってクスクスと笑いながら命じた。

「クラリス＝シャーレットに舞踏会《ぶとうかい》の招待状を書いて頂戴」

第一章　悪役達の舞踏会《ぶとうかい》

◇◆クラリス視点◆◇

地獄《じごく》からの招待状。

その封筒《ふうとう》にタイトルを付けたら多分そんな感じ。

まるで血のような真っ赤な紙に黒い薔薇《ばら》の模様、所々に金箔《きんぱく》がちりばめられた封筒は、見事なくらい芸術的だ。

だけど色の取り合わせといい、差出人の名前といい、私にはそれが地獄からの招待状に見えて仕方がなかった。

それは第二側妃《そくひ》テレス＝ハーディン妃殿下《ひでんか》から送られてきた舞踏会の招待状。

しかもシャーレット侯爵家《こうしやくけ》宛《あ》てではなく、私個人に送られてきた招待状だ。

主催者《しゆさいしや》が直接会いたいと願う人物には、招待状が個人に送られることがあるみたいだけど、第二側妃は私に会いたいというのだろうか。

この招待状は、教室にてカーティス＝ヘイリーの手から渡《わた》された。

私は顔を引きつらせ、思わず抗議《こうぎ》した。

「……ヘイリー卿《きよう》、こういった重要な招待状は、実家を通していただかないと」

「仕方がなかったのです。シャーレット侯爵家に送ったら、舞踏会にはクラリスではなくナタリーに行かせるという返事がくるばかりで」

あ、以前から侯爵家に私宛ての招待状が届いていたのか。

ベルミーラお義母様やナタリーからしたら、アーノルド殿下の母親である第二側妃から、私宛てに招待状がくるなんて面白《おもしろ》くなかったでしょうね。何としても私が舞踏会に行くのを阻止《そし》すべく、ナタリーを代理にという一点張りの返事を出したのだろう。

明日から学園は秋休みになる。この学園は前世と違《ちが》って、春休みと秋休みがあるのだ。

秋休みは三週間。学校が長期休暇《きゅうか》の間、今暮らしている寮《りょう》は施設《しせつ》のメンテナンスの為《ため》、閉鎖《へいさ》されてしまう。私は実家に戻《もど》らないといけないのだ。

ただでさえ憂鬱《ゆううつ》なのに、さらに追い討ちをかけるかのようにこの招待状って。

王室からの招待状はお断りできない。舞踏会へ行くにしても、ナタリー達《たち》からどんな妨害《ぼうがい》を受けることになるか。

「どうもクラリス嬢《じょう》の元には届いていないようだったので、同じクラスである私が招待状を渡す役目を仰《おお》せつかったわけです」

「……ふーん、テレス妃がクラリスに舞踏会の招待状をね」

隣《となり》の席のエディアルド様がジト目でカーティスを見ている。

カーティスは慌《あわ》てたように「私は用事があるので、これにて」と言って、足早にその場から立ち去る。

せめてエディアルド様がいない所で招待状を渡すべきだったわね。

封筒を見せるように手を差し出されたので、私はそれを渡した。どちらにしても、彼《かれ》には相談した方が良い案件だ。

エディアルド様は漆黒《しっこく》の薔薇が描《えが》かれた赤い封筒を手に取り、苦々しい表情を浮《う》かべた。

「……釣《つ》り落とした魚は大きいことに気づいたか」

――え？　釣り落とした魚は大きいって諺《ことわざ》、こっちの世界でも使われていたっけ？

首を傾《かし》げたものの、エディアルド様が見たこともないくらい冷ややかな表情を浮かべ、招待状を凝視《ぎょうし》していたので私はギョッとする。

「この手紙はなかったことにする。ミリ＝アレ……」

炎《ほのお》の呪文《じゅもん》を唱え、手紙を燃やそうとしたので、私はエディアルド様の腕《うで》に抱《だ》きつき、慌てて止めた。

「え、エディアルド様、テレス妃からの招待状を燃やしてしまってはまずいです」

「まずくはない。クラリス＝シャーレットは体調不良の為、欠席するから」

「……ちょ、ちょっと待ってください！　何を勝手に決めつけているのですか」

「あのババア……いや、第二側妃は君をアーノルド側に引き入れるつもりだ。今一度、アーノルドの婚約者《こんやくしゃ》に仕立てるつもりなのだろう」

今、完全にババアと言いかけていたわよね？　この王子様。

だけど何故《なぜ》、テレス妃は今更《いまさら》私のことを気に掛《か》けるの？

不思議そうに首を傾げる私に、エディアルド様はそっと私の肩《かた》を抱き寄せた。そして、くいっと私の顎《あご》を持ち上げる。

み、皆《みな》がいる教室の中で何を……どうか皆がこっちに気づきませんように。

綺麗《きれい》な空色の日に食い入るように見詰《みつ》められ、私は心臓が爆発《ばくはつ》しそうになる。

近い……エディアルド様の顔、近すぎっっ。

「君は自分の価値にまるで気づいていないな」

「私の価値、ですか？」

エディアルド様の細長い指が顎から頬《ほお》に移動する。

その感触《かんしょく》だけでびくんっと身体《からだ》が反応してしまう。

指先の温度を感じるだけで、胸が高鳴り、顔が熱くなる。

「君は大公家の血を引く侯爵家の長女。しかも学校の成績は優秀《ゆうしゅう》で教師からの評判も良い。社交界に流れていた君の悪い噂《うわさ》も大半の人間は嘘《うそ》であることを知っている。君を熱い目で見詰めている貴族子弟《してい》は何人もいる」

「そ、そんな……」

耳元で囁《ささや》くように言わないでっっ。

貴方《あなた》の声、本当に声優さんかってくらい通る声で、直接胸に響《ひび》くのよ。

エディアルド様は頬に当てていた手を離《はな》し、今度は髪《かみ》の毛に触《ふ》れてきた。

「俺《おれ》が真面目《まじめ》に勉強をするようになり成績が上がったのも、全部君がフォローしているおかげだと認識《にんしき》されている」

「何て失礼な……全部エディアルド様の実力なのに」

内心ドキドキしながらも、私はいい加減な噂に腹が立つ。今、私の感情は忙《いそが》しいことになっている。

周囲の視線が一つ、二つこっちに向いてきたので、エディアルド様はさりげなく、肩を抱いていた手を離した。

そして深紅の封筒を天井《てんじょう》にかざしながら話を続ける。

「実際君に助けられることもあるから半分は当たっているのだけど、テレス側は、俺が変わり始めたのはクラリスのお陰《かげ》だと考えたんだろう」

「そんな……」

「テレスはアーノルドをフォローしてくれる女性を手元に置きたいのだと思……」

「絶対嫌《いや》です！」

し、しまった。エディアルド様の台詞《せりふ》が言い終わらない内に思わず口から本音が飛び出てきたわ。

あまりの即答《そくとう》ぶりに、エディアルド様も空色の目をまん丸にしている。

いや、だってそんなの婚約者じゃなくて、お母さん代わりじゃないの。なんでアーノルド殿下のお母さんしなきゃいけないわけ⁉

私は一度咳払《せきばら》いをして言い方を変えることにした。

「第二王子殿下のお守りは、愚昧《ぐまい》な私にはあまりにも荷が重いので」

私の言葉にエディアルド様は思わず噴《ふ》き出した。

しかも大声を立てて笑いたいところ、どうにか口を押《お》さえて笑いを堪《こら》えているみたいだった。

何か変なこと言ったかな？

「お守りって……何気なく酷《ひど》いこと言うね、君」

あ、言い直したつもりが。無意識にまた失礼なことを言ってしまっていた。

我ながら余程嫌なんだな、アーノルド殿下との婚約が。

小説中のクラリスだったら、きっと大喜びだったのだろうけど。私はあのクラリスのようにはなれそうにもないわ。

「ただ、テレス妃殿下の招待状を正面切ってお断りするわけにはまいりません。あの方はエディアルド様のお母様でもある王妃様と懇意《こんい》にしている仲です。お断りして、もしテレス妃殿下の不興を買えば、王妃様の私に対する心証が悪くなる可能性がございます」

「あの世間知らずが、女狐《めぎつね》のことを一つも疑っていないところが厄介《やっかい》なんだよな」

世間知らずってもしかして王妃様のこと？　え、エディアルド様、実の母親に対しても容赦《ようしゃ》の無い評価を下すのね。

舞踏会を欠席したら、テレス妃は王妃様と仲が良いのをいいことにクラリス＝シャーレットは礼儀《れいぎ》知らずだとか言って、私の悪評を吹き込《こ》むに違いないわ。

ただ応じたら応じたで、クラリス＝シャーレットはアーノルド殿下に気があるから応じたのだ、と噂になりかねない。

どっちにしても困ったことになるのは確かだ。

するとエディアルド様はクスリと笑った。

「今回の舞踏会は、アーノルドの誕生祝いでもある。今まで欠席していたけど、今回君が行くのであれば、俺も兄として参加しようと思う」

「エディアルド様……」

「デイジー嬢とソニア嬢も参加するだろうから、舞踏会の間は極力俺達の側《そば》を離れないようにすればいい」

「ほ、本当ですか⁉」

エディアルド様と、それからデイジーやソニアも一緒《いっしょ》だったら凄《すご》く心強い。

舞踏会も、皆で行けば怖《こわ》くない。

そんなキャッチが頭の中でよぎったものの、ふと根本的な問題があることを思い出し、私は恥《は》ずかしくなって思わず俯《うつむ》いた。

「……あ、有り難《がた》いことなのですが、実は他にも問題が」

「ん？」

「舞踏会に着ていくドレスがないのです……寮に置いてあるのも、町へ買いだしにいくような服ばっかりで」

「……」

そう、私が持っている服は平民が着るようなドレスだ。

布地も安いし、どれも色褪《いろあ》せたものばかり。ドレスというよりも、ワンピースと言った方がいいかもしれない。

平民にとっては小洒落《こじゃれ》ている服でも、王室が主催《しゅさい》する舞踏会に着ていけるようなものではない。

エディアルド様も少し考えるように腕を組んだ時、小用を済ませたソニアとデイジーが教室に戻ってきた。

エディアルド様は彼女《かのじょ》達の方を見て言った。

「ドレスのことは良く分からないから、女性陣《じょせいじん》に相談した方がいいかもしれないな」

◇◆◇

数日後――――。

ハーディン王国は服飾《ふくしょく》業が盛んで、王都だけではなく他の街でも大きな店から小さな店まで服飾関係の店が立ち並んでいる。

その中でも特にここのブティックは、先代王妃様の要望で建てられたドレスの専門店。オーダーメイドはもちろんのこと、クラシックなドレスから最先端《さいせんたん》のドレスまで取りそろえられている。

こ、こんな高そうなドレス……持ち金だけで足りるかしら？

不安そうな私に、エディアルド様が囁くように言った。

「ドレスは俺が買うから」

「そ、そんな。そこまでしてもらうわけには」

「ちょっと早い誕生日プレゼントだと思ってくれればいい。本来なら俺が君だけの極上なドレスを仕立てて贈《おく》ってあげたいところだが、舞踏会まで時間がないからな。今回はこのブティックで、君に相応《ふさわ》しいドレスを二人に選んでもらうことにする。あ、代金は既《すで》に支払《しはら》い済みだから、好きなドレスを好きなだけ選んでくれ」

もう目を白黒させるしかない。

い、一体いくら払ったの？　信じられないくらい上品な光沢《こうたく》、装飾もどう見ても高そうな宝石がついた服ばかりじゃない。

「クラリス様、このドレスは如何《いかが》ですか。可愛《かわい》らしいピンクではなく、落ち着いた上質なピンク色がお似合いだと思いますの」

そう言ってデイジーは、花の刺繍《ししゅう》とダイヤモンドビーズがちりばめられたドレスを右手で指し示した。

彼女の目は今、この上なく楽しそうにキラキラしている。

するとソニアも負けじと、自分が選んだドレスをプレゼンし始める。

「体形が美しいクラリス様には、大胆《だいたん》なデザインも有りだと思います。美しい体形を強調する人魚形のドレスも近頃《ちかごろ》の流行ですよ」

マーメイドラインのドレス、前世ではよく見かけたデザインだけど、この世界では斬新《ざんしん》だと言われている。流行に敏感《びんかん》な令嬢を中心に、マーメイドラインのドレスを着て社交界に現れる女性は増え始めている。

「ソニア様、そのようなドレスは王室の舞踏会には相応しくありません」

「いえいえ、デイジー様。各国の王族の間でもこのような形のドレスを着るようになっているのですよ。流行の最先端は押さえておいた方が良いと思います」

「けれどもそのドレスは露出度《ろしゅつど》が高すぎですわ‼　……で、でも、まぁ、着ている姿は見てみたいですわね」

それからの私は着せ替《か》え人形状態。

紺《こん》のシックなドレスから、オレンジ色の華《はな》やかなドレス、ちょっと大人な紫色《むらさきいろ》のドレス、デイジー一推《いちお》しの、濃《こ》いめのピンク色のドレス……髪の色ともマッチしていて、このドレスが一番しっくりくるかな。

でも、ソニア一推しのマーメイドドレスも着てみた方がいいわよね。ソニアが期待に満ちた目で見ているし、反対していたデイジーまで興味津々《きようみしんしん》といった感じでこっちを見ているし。

水色のマーメイドドレスは胸元《むなもと》を大胆に見せるデザインで、しかもスリットまである。

店員さんによると、女神《めがみ》ジュリが着ているドレスをイメージしているらしく、むしろ神聖な格好《かつこう》なのだという。

だけど、これは前世で言うとレッドカーペットを歩くハリウッド女優のような格好だわ。

露出度は高いけれど、女神様が着ている服をオマージュしたもの。表だって悪く言う人はいないだろうけど、でも着ている方は恥ずかしい。

身体のラインもバレバレだし、背中がパカッと開いている。胸元も開きすぎて谷間が見えそうになるし。

「駄目《だめ》だ、駄目だ！　そのドレスは却下《きやつか》」

エディアルド様が顔を真っ赤にして、私の前に仁王《におう》立ちになって反対する。

そして自分のマントを私の肩にかけてから、拳《こぶし》を握《にぎ》りしめ力説した。

「こんなドレスを着たら他の男達がクラリスの身体を見るに決まっている‼　このドレスは絶対に却下‼」

え、エディアルド様、そんなに怒《おこ》らなくても。

でも、ちょっと守ってくれているみたいで嬉《うれ》しいかも。

エディアルド様はさりげなく私の肩に手を回し、自分の方に引き寄せている。

「でも俺の前では着てほしいから、このドレスは購入《こうにゅう》する」

私は思わずコントみたいにずっこけかけた。

エディアルド様の言葉に、ソニアとデイジーは同時に拍手《はくしゅ》をする。二人とも「クラリス様は本当に愛されているのですね」と、目を輝《かがや》かせている。

私は何だか凄く恥ずかしいんですけどね。

結局、舞踏会にはデイジーが選んだドレスを着ていくことになり、そしてソニアが選んだドレスはプライベートで着ることになった。

◇◆◇

買ったドレスを運ぶのを手伝ってもらう為、ソニアとデイジーには寮の部屋まで来てもらった。

仲の良い二人だけど、寮の部屋まで来るのは初めてだ。ドレスを箱から出してクローゼットの中にしまおうとしたデイジーは、目を瞠《みは》り固まってしまった。

「えーっと、クラリス様……この洋服は使用人のものですか？」

「いえ、私のものです。寮に使用人はいませんよ」

「全部、クラリス様のものなのですか？」

「は……はい。私のものです」

頬を掻《か》きながら何とも気まずそうに答える私に、ソニアとデイジーは顔を見合わせた。

そしてデイジーは怒《いか》りに震《ふる》えた声を漏《も》らす。

「話には聞いていましたけど……あんまりですわ」

「うちの使用人でも、もっといい服を着ているのに」

ソニアも愕然《がくぜん》としてクローゼットの中に並ぶ服を見る。

私は何だか恥ずかしく、惨《みじ》めな気持ちになった。

自分でも古い服だな、とは思っていたけれど、ここまで引かれてしまうなんて。

普段《ふだん》学園では制服をベースにした格好で過ごしているので気にしていなかったのだけど。

その時デイジーが目に涙《なみだ》を浮かべ、私に抱きついてきた。

「で、デイジー様？」

「クラリス様……今までクラリス様の苦しみに気づかなくてすみませんでした」

思わぬ言葉に私はびっくりする。

デイジー、泣いているの？　どうして謝《あやま》るの？

「な、何を仰《おつしや》るのですか⁉　デイジー様。私は別に苦しくはありません。今はとても幸せですし」

「今は、でしょう⁉　だけど、それまではどんな扱《あつか》いを受けてきたか、あのクローゼットの服を見ただけでも想像がつきます！」

「……」

デイジーの言葉に、私は目頭《めがしら》が熱くなった。

今は本当に幸せだから、そんなに気にしなくても良いのに。でも自分のことのように怒ってくれているデイジーの気持ちが嬉しい。

ソニアも今、この場にはいない私の家族に憤《いきどお》っていた。

「……シャーレット家の人間どもを叩《たた》き斬《き》ってやりたい‼」

「ソニア様、いざという時にはお願いします。後はウチでもみ消しておきますから」

いざという時ってどんな時⁉

二人して物騒《ぶっそう》なこと言わないでー‼

デイジーもそんな可愛い顔して、しれっと「ウチでもみ消す」とか言っちゃってるし。やっぱり鋼鉄の宰相《さいしょう》の娘《むすめ》だわ。

二人とも、その場で怒ってくれるだけで十分なのでっっ！ あんなくだらない人達、ソニアが斬るまでもないから……ね？

デイジーは拳を握りしめ、燃えるような目で私を見て言った。

「シャーレット家の使用人では、クラリス様の為に舞踏会に相応しい着付けをするとは思えません。私の使用人が全力でクラリス様を美しく着飾《きかざ》りますから、是非《ぜひ》今日は私の家に泊《と》まって、舞踏会へは我が家から行ってくださいませ」

というわけで、私は実家には帰らず、寮からデイジーのお宅へ向かうことになった。

エディアルド様から要請《ようせい》を受け、私の護衛をすることになったソニアも一緒にお泊まりをするのだけど、今度は私達がデイジーの邸宅《ていたく》の前で固まってしまった。

これは邸宅じゃなくて、宮殿《きゅうでん》じゃない？

まるでベルサイユ宮殿みたいなゴージャスさ。

背景の青空に映《は》える真っ白な壁《かべ》、柱から窓枠《まどわく》まで細やかな彫刻《ちょうこく》が施《ほどこ》されているし、深緑の屋根の周りは金の蔦《つた》、鳥の装飾で飾り立てられている。

王城の庭園程じゃないけど、広すぎる庭園には幾何学《きかがく》模様に描かれた芝生《しばふ》や薔薇園もあり、鮮《あざ》やかな赤、ピンク、大輪の白など様々な種類の薔薇が植えられている。

さらに――――。

「いらっしゃい。ここが我が家だと思って気楽に過ごしてくれたらいいからね」

邸宅のロビーにて、カールがかったプラチナブロンドの髪に、切れ長のオレンジの瞳《ひとみ》、息を呑《の》む程のイケメンなお兄様がお出迎《でむか》えをしてくれる。

「初めまして。デイジーの兄、アドニス＝クロノムです」

アドニス＝クロノム。

デイジーのお兄様で、小説では最終的に父親に代わって宰相になる人だ。

父親が鋼鉄の宰相であれば、彼は冷徹《れいてつ》の宰相。

敵と見なした相手には容赦の無い尋問《じんもん》、拷問《ごうもん》は当たり前。魔族《まぞく》の皇子、ディノに魂《たましい》を売った人間に対しては、一族郎党《ろうとう》躊躇《ちゆうちよ》なく処刑《しよけい》を言い渡した人物だ。

そういえば小説の中のシャーレット家も、『黒炎《こくえん》の魔女』クラリスを生み出した要因と見なされ、使用人共々絞首刑《こうしゆけい》になったのよね。

小説を読んでいた時は、シャーレット家の人達が可哀想《かわいそう》に思えたけど、実はクラリスを虐《しいた》げていたという裏設定があったのなら納得《なつとく》だ。

そんな冷徹な宰相も、ミミリアの天真爛漫《てんしんらんまん》さに癒《い》やされた一人。

密《ひそ》かに彼女に想《おも》いを寄せ、生涯《しようがい》独身を貫《つらぬ》くのだ。

アドニス＝クロノムは絶世の美男子として小説には描かれていたけれど、想像以上に美形だ。非の打ちどころが無い！

デイジーも綺麗な顔だけど、どこか狸《たぬき》っぽい愛嬌《あいきょう》がある。それに対し、お兄様の顔は人形のように整っていて隙《すき》が無い。しかも私からすると、羨《うらや》ましいくらいに睫《まつげ》が長い。

気のせいか、背景にアネモネの花が見えてきた。しかも彼の周辺はキラキラと輝いている。これが美形オーラというものだろうか。

一応学校の先輩《せんぱい》でもあり、この前ダンジョン試験についてきてくれたコーネット先輩とは同級生で、しかも親友らしい。

滞在《たいざい》する部屋に向かいがてら、アドニス先輩に邸宅内を案内してもらうことになった。

まぁ、ロビーだけでもかなり広いのだけど、舞踏会用の広間や議会室、さらに美術館を思わせる芸術作品が飾られた部屋もあって、友達の家というよりは観光に来ている気分になる。

ソニアと共に泊まる部屋は、前世で言うメゾネットタイプだ。

一階と二階がある部屋で、両方にベッドとお風呂《ふろ》がついている。窓からはクロノム領で最も盛んな街、リーンの街並が見渡せる。

街の建物はすべて白が基調。

今は夕日の光に照らされ、街は全体的に黄金《こかね》色に染まっていた。

しばらくの間、私とソニアは街並の風景に見入っていたけれど、ずっと黄昏《たそが》れている場合じゃない。

荷物を置いたらデイジーの部屋でお茶会をすることになっている。

社交界のお茶会は気が滅入《めい》るけれど、友達同士のお茶会は楽しみ。

その時ドアをノックする音が聞こえ、デイジーが入ってきた。

「私の部屋にご案内しますわ」

そう、この邸宅に初めて来た客は、案内がないと目的地にたどり着けない。

それだけ部屋数が多く、広いのだ。

私とソニアはやや緊張《きんちょう》しながらデイジーについて歩いていくと、前方にアドニス先輩ともう一人の男性が立っていた。

さらさらのプラチナブロンドの髪、目の色はデイジーとアドニス先輩と同じオレンジ色だ。

年齢《ねんれい》は二十代ぐらい……あれ？　でももっと上なのかな？　笑うとほうれい線が目立つ。

「君達が我が娘の友達か。私はオリバー＝クロノム。オリバーおじさんと呼んでくれたらいいからね」

出た、ラスボス！　……じゃないけれど、ハーディン王国内ではラスボス的存在といっても過言ではない、鋼鉄の宰相だ。

茶目っ気たっぷりなオリバーおじさん……とお呼びしたいところだけど、一国の宰相様をそんな風に呼べるわけがない。

オリバー＝クロノム公爵。

デイジーそっくりなたぬき顔の童顔のせいか、お父様というよりはお兄様と言った方がしっくりくる。多分、学生服を着ても違和《いわ》感ないくらいに若く見える。アドニス先輩と並ぶと親子じゃなくて、兄弟みたい。

この人が鋼鉄の宰相かぁ……一見、虫も殺さないような優《やさ》しそうな顔だけど、どことなく底が知れない眼《め》をしている。多分、仏の顔をして悪魔の裁きを下すタイプだな。

「お父様、お兄様。これからお友達とお茶会を始めますけど、くれぐれも邪魔《じゃま》はなさらないでくださいませ」

背景に白くて可愛いヒナギクの花を咲《さ》かせ、にこやかに笑うデイジーにオリバー＝クロノム閣下はショックな表情を浮かべる。

「で、デイジー、パパはお茶会に入れてくれないのかい？」

「お父様、女の子同士でしかお話できないこともありますのよ」

するとオリバー＝クロノム閣下はこの世の終わりのような表情を浮かべ、涙目になってデイジーに尋《たず》ねる。

「お、女の子同士でしか話せない内容とは何なのだ⁉」

「父上、落ち着いてください。年頃《としごろ》の娘ですから父親に聞かせたくない話の一つや二つや三つくらいありますすよ」

「⁉」

穏《おだ》やかな笑顔《えがお》を浮かべるアドニス先輩、諭《さと》しているようで、言っていることは完全に父親を追い詰《つ》めている。

「そ、そんな……パパにも話せないことって……まさか恋《こい》バナ……いや……有り得ない！　デイジーが恋なんて！　パパは認めん、認めんぞぉぉ‼」

も、脆《もろ》い……鋼鉄の宰相が、お豆腐《とうふ》の宰相になってしまっている。何やら叫《さけ》びながら、顔は蒼白《そうはく》、目は白目を剥《む》いて、身体はふにゃふにゃ状態。

そんな父親を楽しそうに見ているデイジーのお兄様はなかなかの性格だ。

それにしても娘を溺愛《できあい》しているとは聞いていたけれど、想像以上ね。

もしデイジーに恋人ができたら卒倒しそう。ましてや結婚となったら……うーん、死んじゃうかも？

お豆腐状態の父親を放って、デイジーは私達を部屋の中に案内してくれた。

わ、ぬいぐるみがいっぱい。

可愛いもの好きなソニアは頬を紅潮させ目を輝かせていた。

デイジーの部屋には、天井に届きそうなくらいの高さがあるクマのぬいぐるみが部屋の隅《すみ》に置かれていたり、棚《たな》には猫《ねこ》のぬいぐるみが色違いで並んでいたり、カップを持ったうさぎのぬいぐるみも置いてある。

そんなぬいぐるみ部屋を通り抜《ぬ》けて、広いテラスに出ると、そこには既にハイティーのセットが完了《かんりょう》していて、いつでもお茶会ができる状態になっていた。

夕焼けの街並を眺《なが》めながらのお茶会。

いわゆるイブニングハイティーと言われるもので、前菜やお菓子《かし》の他に、メインディッシュも並べられている。

デイジーは満面の笑みで私達に言った。

「今日はゆっくり食事をしながら、沢山《たくさん》のお話をしましょう！」

◇◆◇

「お父様にも困りましたわ。私だっていつまでも子供じゃないのに」

デイジーは溜息交《ためいき》じりに呟《つぶや》いてから、ハーブティーを一口飲んだ。

私はクスクスと笑って言った。

「でも羨ましいです。デイジーのお父様の爪《つめ》の垢《あか》を煎《せん》じて、うちの父親に飲ませたいくらい」

「そうですわね、うちの父の爪の垢で良ければ、クラリス様のお父様には死ぬ程飲ませて差し上げたいですわね」

で、デイジーの笑顔が黒い。

多分冗談《じょうだん》で言ったのだろうけど、本当にうちの父親に爪の垢を煎じて飲ませそうで怖い。とりあえず、話題を変えることにした。

「それにしても助かりました。デイジー様とソニア様のお陰で、舞踏会に着ていくドレスも決まって。私一人では決められなかったと思います」

「うふふ、私達もドレスを選ぶのが楽しくてついつい夢中になってしまいましたわ。ねぇ？　ソニア様」

「本当に。ふふふ……それに私が選んだドレスをクラリス様がお召《め》しになった時のエディアルド殿下の反応」

思い出し笑いをするソニアに、デイジーも思い出したのかクスクスと笑う。

私は何だか恥ずかしくなって、とりあえず紅茶の方を見ておく。

「独占欲《どくせんよく》丸出しで可愛かったですわね」

「本当に。クラリス様、愛されすぎていますよ」

「い、いや……そんな……」

とりあえず言葉を濁《にご》して、紅茶を一口飲む……あ、お砂糖入れるの忘れた。ストレートでも美味《おい》しいけど。

温かい紅茶を飲んだら少し気持ちが落ち着いたので、私はお返しと言わんばかりに二人にも恋愛《れんあい》の話を振《ふ》ることにした。

「お二人はどうなのです？　誰《だれ》か気になる方はいらっしゃらないのですか？」

私の問いかけに、二人は顔を見合わせてから恥ずかしそうに俯く。

お……その反応だと、どうやら二人とも気になる人はいるみたいね。私ばっかりいじられるのは癪《しゃく》なので、この際だから掘《ほ》り下げるわよ。

「たまにはお二人の恋愛話もお聞かせください。良かったら相談に乗りますし」

するとデイジーがもじもじとしながら、周囲をキョロキョロと見回す。使用人が近くにいないのを確認《かくにん》しているみたいだ。

そうね……デイジーに好きな人がいるって、使用人を通じてクロノム公爵に知れたら大変なことになりそう。

「私、最近ある方と魔術の特訓をしているのです。彼は魔術のコツも丁寧《ていねい》に教えてくださいますし、悩《なや》んでいる私に親身になって相談に乗ってくださって……」

「もしかしてコーネット先輩のことですか？」

私はさりげなく、なるべく周囲に聞こえないような小声で尋ねてみた。壁に耳あり障子に目ありって言うからね。

ビンゴだったようで、デイジーは顔を真っ赤にして首を縦に振る。

ふふふ、可愛いなぁ。

彼女がコーネット先輩と一緒に魔術の特訓をしているのは知っていたからね。すぐに分かったけど……そっかぁ、コーネット先輩のことが好きなんだ。

コーネット先輩は私と同じ侯爵家、クロノム公爵家よりは格が下になるけれど、ハーディン王国随一《ずいいち》の資産家だ。

クロノム家としては悪くない結婚相手だけど、でも相手が誰であろうとあのお父さんだったら反対しそうだな。

「コーネット先輩とならお似合いですね。応援《おうえん》しています」

ソニア、普通《ふつう》の声で言っちゃっている。

周囲に使用人がいないから良かったものの、ちょっと焦《あせ》ったわ。

「ありがとうございます。ソニア様。私、どんな手を使ってでもこの想いを成就《じょうじゅ》させてみせますわ」

い、意外と情熱的。どんな手を使ってでも……というのが物騒だけどね。

でも確かにコーネット先輩とはお似合いかもしれない。あの先輩も一癖《ひとくせ》ありそうだけど、申し分ない美男子だ。

「次はソニア様の番ですわ」

デイジーは目を輝かせてソニアの方を見る。私も興味があるので期待に満ちた目で彼女を見詰めた。

普段は凛々《りり》しいソニアの顔が真っ赤になる。そしてらしくもなく、狼狽《うろた》えたように視線を彷徨《さまよ》わせた。

「私の話など……面白くもなんともないですよ」

「恋バナにつまらないものはないわ」

にべもなく私が逃《に》げ口を封鎖《ふうさ》した。

デイジーもうんうんと頷《うなず》いてから「ソニア様だけ逃げないでくださいませ」と笑顔の圧をかける。

ソニアは少し冷めた紅茶を一気に飲んでから、ふうと息をついて小声で話し始めた。

「その……幼なじみなのですが、今までずっと弟のように思っていたのです。幼い頃《ころ》は背も私より低かったので、可愛いなとは思っていたのですが」

幼なじみといえば……思い当たる人物が一人いて、私とデイジーは顔を見合わせた。

お互《たが》い「あの人よね？」と無言で確認して頷き合う。

「つい最近、騎士《きし》団の訓練で足をくじいてしまって。足を引きずって医務室に向かっていたところ、彼が助けてくれたのです。私を横に抱いて医務室まで運んでくれました」

横に抱くって……つまりお姫様抱《ひめさまだ》っこってことね！

ソニアは真っ赤になった自分の顔を手で覆《おお》い隠《かく》す。

「男の人に運んでもらうなんて経験、人生で一度もなかったことだったし……その時になって彼が格好いい男性だってことに気づいてしまって」

デイジーはソニアの顔を覗《のぞ》き込み、悪戯《いたずら》っぽく尋ねる。

「ソニア様の好きな方は、ウィスト＝ベルモンド卿なのですね？」

「そ、そうです」

普段は凜々しいソニアからは考えられないくらいに可愛い顔、そしてリアクション。是非ウィストに見せてあげたい。

デイジーが嬉しそうに、はしゃいだ声を上げた。

「お似合いですわ！　私もソニア様とベルモンド卿のことを応援しますね‼」

そんなこんなで女子の恋バナはすごく盛り上がったのだった。

ちなみに隣の部屋では、鋼鉄の宰相が「あの子達は一体何を楽しそうに話しているのだろう？」とソワソワしながら、一人寂《さび》しくお茶を啜《すす》っていたのだとか。

◇◆◇

そして翌日――。

テラスで優雅《ゆうが》な朝食タイムを済ませた小一時間後、デイジーの部屋は戦場になった。

クロノム家のメイド達が総出で私とデイジーの身支度《みじたく》を始めたのだ。

ソニアは私の護衛としてお茶会に随行《ずいこう》する形なので、既に自分で騎士団の服に身を包んで椅子《いす》に腰掛《こしか》け、のんびりと私達の身支度を眺めていたのだが、手が空いたメイド達が、

「護衛の方も髪飾りくらいしてくださいませ！」

と言ってソニアの長い髪を梳《と》き、一つに結《ゆ》い上げると綺麗な花の髪留めをポニーテールの結び目につけた。

キラキラ輝く髪留めに、少し嬉しそうなソニア。

そんな彼女を微笑《ほほえ》ましそうに見ていた私たけど、すぐに「ぐえっ」と呻《うめ》くことになった。

メイドがコルセットをきつくしめつけてきたのだ。

「も、申し訳ございません……すぐに緩《ゆる》めますので」

「大丈夫《だいじょうぶ》、大丈夫。うん、でも、ちょっと緩めてくれたら助かるかな」

貴族の女の子の身支度って大変。

コルセットもしなきゃいけないし、社交界に着ていくドレスなんか一人じゃ着られないものばかりだし。

メイドの人って今で言うヘアメイクアーティストやコーディネーターの役割も果たしていたのね。

そして――――。

「……っっ⁉」

鏡の前、初めて着飾った自分を目にした私は、驚《おどろ》きで声が出なかった。

お母様が亡くなってからずっと平民が着るようなワンピースばっかりだったから。髪もこんなにきちんとセットしてもらったことがなかったし。

デイジーも綺麗に着付けてもらって、いつもの数倍綺麗になっている。

身支度が完璧《かんぺき》に整った私とソニアとデイジーの姿を見て、メイド達も口々に歓声《かんせい》を上げる。

「う……美しい」

「本当に。まるで花が咲いたかのよう」

「今すぐ画家を呼んで絵に描《か》かせたい‼」

自分でも驚くぐらい、鏡に映る自分は綺麗になっていた。

ああ、やっぱり私も女の子なんだな。

綺麗に着飾ってもらった今、ふつふつと嬉しい気持ちがこみ上げてくる。

だけど浮かれてばかりはいられない。前回のお茶会と違い、今回の舞踏会の主催者《しゅさいしゃ》は、エディアルド様の政敵と言ってもいい相手なのだから。

「私達がついています」

不安な気持ちが顔に出ていたみたいだ。

デイジーが私の隣に立ち、力強い言葉をかけてくれた。

「何かあった時には命にかえてもお守りします」

一歩下がった場所に控《ひか》えるソニアの言葉。

泣きたい程嬉しいけれど、命はかけてほしくないな。私の護衛である前に、あなたは私の友達なのよ？

でもそんな本心は口に出すことはできない。

貴族社会で生きていく以上、立場というものを弁《わきま》えなければならないから。

さぁ、参りましょう。

社交界という名の戦場に。

気合いを入れた私は、小説に書かれた舞踏会での出来事を思い出していた。

◇◆エディアルド視点◆◇

王城の中で最も美しい部屋と言われているのは、水晶広間《クリスタルホール》と呼ばれる場所だ。

広間の中央には純度の高い天然の巨大《きょだい》クリスタルが飾られている。

天井を飾る巨大なシャンデリアも七色に輝くクリスタル、王城を支える柱もクリスタルでできていて、女神や妖精《ようせい》、花の彫刻が施されている。

そんな舞踏会の会場には続々と招待客が集まっていた。

俺は側近のカーティスと、護衛に指名したウィストを連れて会場に足を踏《ふ》み入れた。

「おお、今までこのアーノルド殿下の誕生祝いを兼《か》ねた舞踏会には参加したことがなかったのに。本当にエディアルド殿下がおいでになるとは」

「ああ、信じられない話だが婚約者のクラリス嬢が行くのなら自分も行くと仰せになったそうだぞ」

「殿下は殊《こと》の外、婚約者に夢中のようだな」

ひそひそと話し合っている声がたまたま耳に入ってきたが、まぁ、噂していることは概《おおむ》ね当たっている。俺がクラリスに夢中なのは確かだからな。クラリスに寄りつく虫を踏み潰《つぶ》しに此処《ここ》に来たと言っても良い。

「ご覧下さいませ、エディアルド殿下ですわ」

「まぁ、王妃様によく似てお美しい」

「ここのところ勉学や魔術にも真面目に取り組んでいらっしゃるそうね」

「そういえば以前とは顔つきが変わったような気がいたします」

「それもこれも、婚約者のクラリス様と共に学んでいるからだと言われていますわ。愛する女性の為に努力を惜《お》しまぬようになったのでしょう」

「クラリス様は妻として理想の女性になるかもしれませんわね」

ひそひそ話のつもりだろうが、丸聞こえですよ。お嬢さん方。

本当は前世の記憶《きおく》が戻ってこのままでは不味《まず》いと思い、自分から勉強するようになったのだが、まあ、クラリスの印象が良くなる噂だから放っておこう。

俺は国王と側妃が座《すわ》っている玉座の脇《わき》に設置された王族の席に座る。玉座は本来王妃が座る場所なのだが、今回は第二王子の誕生祝いなので、母親である側妃がそこに座ることが許されている。

王妃である俺の母親は最近体調が優《すぐ》れず、今日も欠席だ。

俺の後ろに控えるカーティスは、何だか面白くなさそうにウィストの方を見ている。

自分よりも身分の低い騎士が、自分と同じように俺の側《そば》に控えているのが面白くないのだろう。

不意に視線を感じ、前方へ視線をやると、玉座に腰掛けるテレスがじっと俺の方を見詰めていた。

別に睨《にら》んでいるわけじゃない。

俺の化けの皮を剥《は》いでやろうと、じっと観察をしている感じだ。

さらにアーノルドを支持する貴族達の鋭《するど》い視線、聞こえよがしに言ってくる陰口《かげぐち》の攻撃《こうげき》。

俺はこれが嫌で、今までアーノルドの誕生祝いの舞踏会には参加していなかった。

だけど、クラリスが個人的に招待されたとなると話は別だ。

「クラリス嬢のおかげで少しは成績が上がったようだが、所詮《しょせん》はアーノルド殿下には及《およ》ばない」

「あの方は近代稀《まれ》に見る天才だからな」

「婚約者を追いかけるように此処に来て。恥ずかしくないのかね」

　俺はクラリスが城に到着《とうちゃく》してから共に会場に向かうつもりだったのだが、カーティスがやけに会場へ急ぐよう促《うなが》すものだから、怪訝《けげん》に思いながらも言う通りにした。そうしたら今のような誹謗《ひぼう》中傷の集中砲火《ほうか》を食らうことになった。

　もしテレスの狙《ねら》いがクラリスを自分の元に引き込むことだとしたら、俺の存在は邪魔以外の何ものでもない。俺がいたたまれずにこの場を去るように仕向けたんだろうが、思い通りになると思うなよ。

「何でここにいるかなぁ」

　貴族の一人は、何も反応しない俺に苛立《いらだ》ったようで本人に聞こえるように言ってきた。堪《たま》り兼ねたウィストがカーティスにも聞こえない小声で言った。

「あの男、あとで密《ひそ》かに黙《だま》らせておきましょうか？」

「放っておけ。ああいうのは、いくらでも湧《わ》いてくるからな」

　カーティスは俺とウィストが内緒話をしているのが面白くないようで、不機嫌《ふきげん》な表情を浮かべていた。

　そこで会場がざわめきだした。

　アーノルド＝ハーディンと、原作小説のヒロインであるミミリア＝ボルドールが現れたからだ。

　二人は仲睦《なかむつ》まじそうに腕を組んで歩いている。二人は俺の前に来ると、ミミリアの方がドヤ顔を向けてきた。

そういや小説では、パーティーで仲睦まじくしている二人に、エディアルドは嫉妬《しっと》するんだったっけ？　その時に二人が恋仲であることに初めて気づくんだよな。

あ、俺は君達に全くと言って興味ないので、勝手に仲よくやってください。

涼《すず》しい顔の俺に対し、ミミリアはクスクスと笑い、「うふふふ、平気な振りしちゃって」とか抜かしている。平気な振りじゃなくて、実際に俺は平気なんだけど。

アーノルドは無邪気《むじゃき》な笑顔を俺に向けてきた。

「兄上が舞踏会に来てくださるとは思いませんでした」

「今まで来てやれなくてすまなかったな」

「え……⁉　い、いや、そんな」

まさか謝られるとは思わなかったのか、アーノルドはらしくもなく狼狽えていた。

ミミリアもまじまじと俺のことを見ているな。

記憶が蘇《よみがえ》る前の、俺の所業のことを考えたら無理もないか。多分、生まれてこの方、誰かに謝ったことなんかなかったのではないだろうか。

一応、相手は未来の国王になるかもしれない人間だ。

本意じゃなくても謝ることぐらいできるさ。それに記憶が蘇る前の俺は、今の俺から見てもどうしようもない奴《やつ》だったしな。

既に名前は知っているが、一応アーノルドに尋ねてみる。

「アーノルド、そちらのご令嬢は」

「今は詳《くわ》しくは話せませんが、僕《ぼく》の唯一《ゆいいつ》の人だと思っていただけたら」

「そうか。それはめでたいことだな。彼女のことを一途《いちず》に愛してやれよ」

「もちろんです‼」

大きく頷くアーノルド。

……うん、返事だけはいいな。この前クフリスのことを惚《ほう》けて見ていたくせに。

俺は内心白けていたが、今は二人が盛り上がっている最中だから、敢《あ》えて水を差すような真似《まね》はしない。

ミミリアが何とも意外そうな目で俺のことを見ている。しかも小声で「何か違う……」という呟きが。

何か違うって、何が違うんだ？？

本当に良く分からないな。ミミリアは宇宙人並みに思考が読めない人物だ。

「何……あんた本物のエディアルドなの？」

「ミミリア＝ボルドール。前にも言ったが王族の前では殿下と呼ぶように」

「えぇーっ⁉　アーノルドは許してくれたのに。本当にあなたって性格悪いんじゃない？」

おいおい、呼び捨ての上にタメ口って。しかも不敬罪に問われることを平気で口に出している。

アーノルドの恋人になったことで、自分も王族の一員になったつもりでいるのだろうか。

「ミミリアはまだ貴族社会に慣れていないんだ、兄上」

「…………」

甘《あま》い……っっ‼　お前は恋人に対して砂糖のように甘いな。

社交界に出すのなら、とっとと慣れさせろ。恋人の教育もできないのか⁉

……と怒りたいところだが、ここは社交の場なので黙っておく。周りはアーノルド派の貴族が殆《ほとん》どだし、真っ当なことを言ってもこっちが悪者にされるのがオチだからな。

アーノルドは傲慢《ごうまん》と噂のクラリスを嫌《きら》い、お茶会をずる休みまでしたのに、自分で捕《つか》まえた女はとんだ我が儘《まま》女じゃないか。

幸か不幸か、アーノルドはまだそのことに気がついていないようだが。

「ところで兄上の婚約者であるクラリス＝シャーレット嬢は一緒ではないのですか？」

「彼女は今、クロノム公爵家に滞在していてね。友人達と共にここに来ることになっている。到着したらエスコートする予定だ」

本当は俺がクラリスを迎《むか》えに行きたかったのだが、クロノム公爵に反対されてしまった。

舞踏会の日に第一王子を乗せた馬車がクロノム家へ向かったと噂が流れたら、面倒《めんどう》なことになるからだ。俺が婚約者を差し置いてデイジーを迎えに行ったと思われかねない。

あそこにはクラリスやソニアも泊まっていたと説明したとしても、一度広まった噂を鎮火《ちんか》させるには時間がかかる。

まぁ、だからクラリスのエスコートは彼女が到着してから、ということになった。

アーノルドはあからさまにがっかりした表情を浮かべた。

「そ、そうですか……喧嘩《けんか》したわけではないのですね」

「……」

何を期待していたんだ？　アーノルド君。

君、結構性格悪いんじゃない？

というか、まだクラリスのこと狙っているのか？　目の前に恋人がいるのに？

まぁ、王族、貴族ともなれば、恋人も一人や二人じゃないのはザラだ。父上である国王陛下も、王妃以外に三人妃がいたしな。

何故過去形かというと、今は第二側妃しかいないからだ。第一側妃も第三側妃も病死している。

……ま、表向きはね。本当は何者かに毒殺されたらしい。その何者かは未《いま》だに判明していないが、黒幕は『あの人』であることは察しがつく。

俺はちらっとテレスの方へ目をやった。

社交的な第二側妃様は、自分の味方である貴族達への挨拶《あいさつ》に余念がない。今も楽しげにどこその貴族夫婦と話をしているみたいだ。

とにかくアーノルドは、二股《ふたまた》についてはあんまり罪悪感を抱《いだ》いてはいないのだろう。

「では、兄上。僕達はこれで。ゆっくり楽しんでください」

「ああ」

浮気《うわき》をして彼女を捨てたくせに、ずっと引きずっていた前世の後輩のことを思い出しかけたところで、アーノルド達は去って行った。

周囲の貴族達は意外そうに俺達の様子を見ていた。

まぁ、俺とアーノルドが仲よく話ししている姿なんか、社交界では有り得ない光景だろうな。

ふと視線を感じたので、玉座の方を見るとアレスが何とも苦々しい表情を浮かべていた。

俺がここに来たことが余程気に入らなかったのか……あるいは、俺とアーノルドが会話をしていたことが気に入らなかったのかもしれないな。

いずれ俺を始末する気でいるのなら、アーノルドと俺が親しくなるのは快く思わないだろうな。

さらに突《つ》き刺《さ》すような視線を感じたので、俺は後ろを振り向いた。

……おい、カーティス。そんな嫉妬めいた目で俺を見るな。俺達は兄弟として当たり前の会話をしただけだ。

そんなに嫉妬するぐらいなら、俺の側近なんか辞めてアーノルドの元へ戻ってくれよ、面倒くさい奴だな。

俺が溜息をついた時、凛としたアーノルドの声が広間に響き渡った。

「ハーディン王国栄華《えいが》の象徴《しょうちょう》であらせられる国王陛下にご挨拶申し上げます。この度《たび》は私の為に、かくも盛大《せいだい》な舞踏会を催《もよお》していただき、心からお礼を申し上げます」

たとえ実の親子でも、この場では父上のことを国王陛下とお呼びしなければならない。

アーノルドは胸に手を当て深々とお辞儀《じぎ》をする。

その立ち居振る舞《ま》いはとても優雅だ。

記憶が蘇る前の俺って、あんな挨拶していたかな？　……駄目だ、思い出せない。

「王様、お妃様、この度は素敵《すてき》なパーティーに招待してくださって、ありがとうございまーす！」

ミミリアにしては挨拶を頑張《がんば》っている方か。淑女《しゅくじょ》の挨拶《カーテシー》もできているし……今までの彼女の言動を鑑《かんが》みて、採点基準は低めだが。

アーノルドとミミリアはまるで夫婦《ふうふ》のように並んで、国王陛下とテレスの前で挨拶をする。

ふと気になってテレスの方を見ると……うわ……凄い目でミミリアのことを睨んでいる。

ありゃ視線だけで相手を殺しそうだ。

『何であんたが来るのよ⁉　あんたは招待していないでしょ⁉』

という心の怒鳴《どな》り声が聞こえてくるようだ。

クラリスを自分の味方に引き入れる予定が、想定外の俺も来ることになり、さらにアーノルドが勝手にミミリアを連れてきてしまったのだろうな。

悉《ことごと》く思い通りにならなくて苛立っているようだ。手に持っている扇子《せんす》が折れ曲がっている。怒り任せに折ってしまったらしい。

しかし鈍感《どんかん》なミミリアはそんなテレスの視線に全くと言って気づいていない。当然、空気が読めないアーノルドも母親の怒りに気づいていない。ある意味、鈍感力も勇者パワーと聖女パワーの内なのかもしれない。

国王陛下の挨拶が済み、楽しそうに話をしているアーノルドとミミリアに来客達は注目をする。

「あの美しくも愛らしいご令嬢は？」

「ボルドール家の令嬢、ミミリア＝ボルドールだ」

「ボルドール家？　あの家に令嬢はいたかな？」

ミミリアは元々平民で、ボルドール家の養女になっているのだ。社交界に知られていないのも無理はない。

さすがヒロインだけに美しい顔立ちでありながら、笑うと何とも言えない可愛らしさがある。

主人公のアーノルドの容姿端麗《たんれい》さ、そして存在感も手伝って二人は瞬《また》く間に注目の的となる。

カーティスが感嘆《かんたん》の息をつきながらアーノルドを称《たた》えた。

「さすがアーノルド殿下……（エディアルド殿下とは）格が違う」

「ヘイリー卿、エディアルド殿下の護衛なら自分一人で十分ですので、アーノルド殿下の護衛に回ったら如何ですか？　アーノルド殿下は今、護衛を連れていないようですし」

すかさずウィストが嫌味《いやみ》混じりに言った。するとカーティスは慌てて首を横に振り、焦った口調で言った。

「何を言う。私はあくまでエディアルド殿下の側近だ」

「エディアルド殿下のことは自分にお任せください。あなたと違い誠心誠意お側に仕える所存ですので」

「き、貴様、まさか側近の座を狙っているのではあるまいな？」

「自分はあなたと違って心の底からエディアルド殿下に仕えたいだけです」

ウィストは実際に野心というものはない。自分の強さを初めて認めてくれた俺を純粋《じゅんすい》に慕《した》ってくれているのだ。だから事あるごとにアーノルドを褒《ほ》め称えているカーティスのことを快く思っていない。

「だけどウィストの言葉にも一理あるな。アーノルド達に護衛がいないのは心許《こころもと》ない。まぁ城内で誰かに狙われる心配もないから、アーノルドも四守護士を連れてこなかったのだろうが、念の為お前が側にいてやってくれないか」

「エディアルド殿下、しかし……」

「頼《たの》む。弟のことを守ってくれ」

俺が真剣《しんけん》な目で訴《うった》えてみせると、カーティスは目を輝かせて大きく頷いた。

堂々とアーノルドの側にいることができると思っているのだろうな。

直《す》ぐさまアーノルドの方へ小走りで駆《か》け寄り、俺の命令で護衛に来たことをアーノルドに伝える。

アーノルドはこっちを見て、軽くお辞儀をする。カーティスを護衛として寄越《よこ》してくれた礼だろう。

一方ミミリアには軽く睨まれたけどな。余計な奴を寄越すな、と言わんばかりだ。

アーノルドが宮廷《きゅうてい》楽団の指揮者に向けて指を鳴らして合図をすると、指揮者は一礼して両手を上げた。

優雅な音楽が広間に流れ、その場にいる人々はパートナーと踊《おど》り始める。

そしてアーノルドもミミリアと共にダンスを始めた。

ほう、聖女様、ダンスは上手《うま》いんだな。さすが主人公とヒロイン。クリスタルを背景に絵になるダンスシーンを繰《く》り広げている。

ああやって見ていると、本当に主人公様とヒロイン様だよなぁ。

俺はしばらくの間、ぼーっとその様子を見ていたが、伝令係の男がすすすっとこちらに近づいてきた。

「クロノム家の馬車が到着いたしました」

「ああ……」

クラリスを乗せたクロノム家の馬車が到着したことを知らせたので、俺はその場から立ち上がった。

俺のそんな姿を見て、何を勘違《かんちが》いしたのかせせら笑う貴族達がいる。

「やっぱり、この場にいるのが耐《た》えられなくなったのだな」

「アーノルド殿下とは格が違うからな」

「あの高慢《こうまん》なクラリスと違って、親しみやすく、愛らしい美女と幸せそうにしているのも面白くなかったんだろうな」

おいおい、好き勝手に解釈《かいしゃく》してくれているな。

さっきまでミミリアにキレていたテレスまで、こっちを見て嘲笑《ちょうしょう》している。

まぁ、今の内に喜んでろ。俺の愛《いと》しい婚約者を連れて、すぐにカムバックしてやる。

俺とウィストは王城のエントランスを出てクラリスを迎えにいった。

ちょうどデイジーが美麗《びれい》な青年の手を借りて馬車から降りているところだった。あの青年は、デイジーと同じプラチナブロンドとオレンジ色の瞳だから、恐《おそ》らくアドニス＝クロノムだろう。

俺のもう一人のはとこということになるな。

デイジーが俺の存在に気づくと、パッと顔を輝かせ「クラリス様のエスコートをお願いします」と言った。

俺は頷いてから、馬車に近づいた。

「エディアルド様……」

馬車の中から出てきたクラリスが俺の名前を呼ぶ。

思わず、息を呑んだ。

彼女が綺麗な女性であることは最初から分かっていた。

だけど、今日のクラリスはこの世のものとは思えないくらい美しかった。

「クラリス」

俺はクラリスの手を取って舞踏会会場へエスコートする。

デイジー兄妹がそれに続き、護衛としてウィストとソニアが並んでその後ろを歩く。

く……彼女に見惚《みと》れて転ばないようにしないとな。

し、しかし視線を外すことができない。

彼女をずっと見ていたい。くそ……何故この世界には写真がないのだ。彼女の姿を永久に記録しておきたいのに。

俺達が会場に入ると貴族達がざわついた。

「おお、エディアルド殿下がクラリス様を連れて戻ってこられた！」

「な……なんと、あの方がクラリス嬢!?」

「絶世の美女ではないか！　誰だ、不細工だとかいい加減な噂を流した人間は」

沢山の視線の矢がこっちに飛んでくる。

もちろん俺達だけじゃなく、後ろに続くクロノム兄妹、そしてウィスト達にもその視線は向けられる。

「あの眼鏡を掛けた令嬢はクロノム公爵家令嬢、デイジー＝クロノム嬢ですね」

「そしてエスコートしている方は、アドニス公爵令息ですか」

着飾ったクロノム兄妹も絵に描いたような美しさだからな。

後ろに続く護衛、ソニア、ウィストも共に容姿端麗だ。彼らは社交界では騎士として警備にあたることが多く、表舞台《おもてぶたい》に出る機会はあまりなかったようで、今回初めてその存在が注目されていた。

「先程《さきほど》からエディアルド殿下と共にいるあの若者は？」

「あれはこの前、グリフォンを生け捕《ど》りにしたウィスト第一部隊副隊長だ。その驚異《きょうい》的な強さと統率力を買われ、第一部隊の副隊長に抜擢《ばってき》されたそうだ」

実行部隊に入隊して以来、ウィストは目覚しい活躍《かつやく》を遂《と》げていた。

第一部隊副隊長にあたる人物が老齢《ろうれい》により引退する際、彼は新人であるウィストを次期副隊長に指名した。

反対の声もあったそうだが、将軍であるロバートがウィストの実力に太鼓判《たいこばん》を捺《お》したので、その声はすぐに消えたという。

「あの背の高い美しい女性は？」

「彼女は第七部隊副隊長のソニア＝ケリーですね。女性で副隊長にまで登り詰めたのは、今のところ彼女だけだそうですよ」

ソニアはソニアで、女性初の実行部隊副隊長に就任し話題になっていた。

比較的《ひかくてき》女性騎士が多く所属している部隊ではあったが、それでも実力のある男性騎士達もいる中で、女性が選ばれるのは稀なこと。

彼女は騎士を目指す女性にとって憧《あこが》れの的になっていた。

「それにしてもクラリス＝シャーレットか……成《な》る程《ほど》、エディアルド殿下が夢中になるのも分かる」

「あれ程の美女、そう簡単には手放すまいよ」

苦々しい顔でこっちを見る貴族達も多いが、素直《すなお》に賞賛する貴族達も少なからずいた。

しかも俺という相手がいることが分かっていながらも、彼女に熱視線を送る貴公子が何人もいる。

恋をしてしまったら、周りが見えなくなってしまう人間は一定数いるからな。俺の恋人は誠に罪深い。

俺達もまた国王陛下と第二側妃に挨拶をすべく、玉座へと向かった。

テレスの視線が痛い。突き刺すような視線だけはやたらに感じるが俺はお辞儀をしているから、今彼女がどんな表情をしているのか分からない。

しかし俺が顔を上げた時、テレスは既に淑《しと》やかな笑顔を浮かべていた……前世だったらなかなかの名女優になれたのではないだろうか。

『運命の愛～平民の少女が王妃になるまで～』という小説の中の第二側妃テレス＝ハーディンは、とても信心深い女性だった。

神官長の姪《めい》だった彼女はある日神から神託《しんたく》を受ける。

『テレス、あなたが産んだ子供はやがて国王になる。そして勇者の力に目覚め、この国を救うことになるだろう』

信心深かったテレスは神託に従い、まずは国王に取り入る。第二側妃になった彼女は、自分が産んだ息子《むすこ》を王にすべく、第一側妃、第三側妃を排除《はいじょ》する。

王妃であるメリアとは気が合い、やがて親友となるが、その息子であるエディアルドは傲慢不遜《ごうまんふそん》、しかも知能も低く、国の為にならないと思っていた。

親友には悪いがエディアルドには死んでもらう――アーノルドを王にする為、国の為に、エディアルドの命を狙うテレス。

エディアルドが『闇黒《あんこく》の勇者』になった時も、そのスタンスは変わることはなかった。

テレスはエディアルドと刺し違える為に、護身用のナイフを片手に果敢《かかん》に立ち向かった。しかし攻撃はすぐに躱《かわ》され、彼女はエディアルドに刺されそうになるが、それを息子であるアーノルドが助けるのだ。

テレスの冷酷《れいこく》かつ勇敢《ゆうかん》な部分は、ごく一部の読者の間では密かに人気だった。

ま……実際のテレスは違うけどな。

神官長の姪というのは小説と同じだが、別に信心深い女性ではない。彼女が神殿へ祈《いの》りに行ったところなんか一度も見たことがない。

しかも贅《ぜい》の限りを尽《つ》くし、何人もの愛人がいるという噂だ。

噂は当てにならないとは言うが、テレスの場合少なくとも半分は事実だ。毎日違う顔の商人が第二側妃の執務室《しつむしつ》を出入りしているし、別荘《べっそう》もいくつ彼女の為に建てたんだか。

愛人についてはまだ噂の範囲だが、秘書とイチャついているところを何度も目撃しているので、恐らくこれも事実なのだろう。

テレスはアーノルドを王にする為に、俺の悪評を流し、他の貴族達にも俺と親しくならぬよう圧力をかけている。何より俺の魔術や学問の向上を妨《さまた》げる。

俺の命を狙うというのは小説と同じだが、動機は小説のような信仰心《しんこうしん》や愛国心からきているものではない。

その証拠《しょうこ》として、彼女は俺の才能をことごとく潰そうとしている。本当に国のことを思うのなら、一人でも有能な王族を育てたいと考える筈《はず》。

彼女は自身の権力を絶対的なものにする為に、自分の息子を王にしたいと考えている。その為には王妃の息子であり、第一王子である俺の存在は邪魔だと思っているのだ。

それにしても、この人がベリオースに命じて俺の命を狙ってきたのか。目尻《めじり》も下がっていて優しそうな顔立ちだ。俺を殺すように命じたサイコパスおばさんとは思えない。優しそうな顔をした腹黒い人は前世にもいたけどな。

「国王陛下、テレス妃殿下、この度はこのような素晴《すば》らしい舞踏会にお招きいただきありがとうございます。我が弟、アーノルドの誕生日を心よりお祝い申し上げます」

「ふむ、久しいな。エディアルド」

「はい、私の誕生日以来ですね」

ちなみに俺の誕生日にも舞踏会が開かれたが、今のように盛大ではなかった。招待客も少なかったし、会場も狭《せま》く、飾り付けも地味だった。

前世の記憶が蘇る前のことだけどな。あまりに寂しい舞踏会だったから、途中《とちゅう》で帰ったんだよな……一緒にダンスをするパートナーもいなくて、友達もいない。原因は自分にあったとはいえ、前世を思い出す前の俺は孤独《こどく》だった。

だけど今は、愛しい婚約者がいる。後ろで護ってくれるウィストやソニアの存在も心強い。

俺はテレスの方を見る。

――あんたの思い通りにはさせない。

心の中で宣戦布告。もちろん表情はさざ波のように穏やかだけどな。

しかしテレスはテレパスのスキルでもあるのか、それまで微笑んでいた顔が無表情になった。そして俺達が玉座を立ち去るまで冷ややかな眼差《まなざ》しでこちらを見下ろしていた。

国王とテレスへの挨拶を無事に済ませた俺とクラリスは、広間の真ん中まで出てお互い向き合いお辞儀をする。

初めて舞踏会で母上以外の女性とダンスをする。

……何だかドキドキするな。

相手は愛しい婚約者。こんなに嬉しいことはない。

「足を踏んだらすみません」

「俺の方こそ、上手くリードできなかったらすまない」

お互いに予《あらかじ》め謝っておく。そんな自分達になんだか可笑《おか》しくなって、俺達はクスクス笑いながらダンスを始めた。

学校でのダンスレッスンは教師から褒められているので、そこそこ自信はある。クラリスも授業の時一緒に踊ったがとても上手だった。

人々の視線が俺達に向けられる。

「ダンスはアーノルド殿下の方が上手い」と言う奴らのことは気にしない。圧倒《あっとう》的に賛辞の声の方が多いからだ。

それに周りが何を言おうと関係ない。好きな娘とダンスをできることが、今は楽しくて仕方がない。

ふと視線を感じ、横手に目をやると複雑な表情のアーノルドと、あからさまにこちらを敵視するミミリアの姿があった。

厳密に言うとミミリアの敵視は俺ではなく、クラリスに注がれている。

自分の注目が瞬く間に奪《うば》われたのが面白くなかったのだろう。どんなに可憐《かれん》な顔でも、嫉妬のあまり顔が歪《ゆが》むと、見るに堪《た》えないな。

俺は軽くミミリアを睨み返しておいた。向こうはびくついてすぐに目を逸《そ》らしたけどな。

ひとしきりダンスを楽しんだ後、俺達は壁際に設置された椅子に座り、休むことにした。

その時、アドニス＝クロノムがこちらに近づいてきた。

「改めてご挨拶申し上げます。クロノム家長男、アドニス＝クロノムと申します」

背景にキラキラしたものが見えるのは気のせいか？

それくらいまばゆい美貌《びぼう》の持ち主なのだ。当然、こちらに向く女性の視線が倍増する。

同性ながら目の前にいる絶世の美男子はあまりにも眩《まぶ》しい。俺は目を細めながらアドニスに声をかけた。

「アドニスとは一度ゆっくり話をしたいと思っていた」

「光栄です。私も妹やコーネットから殿下の話を聞き、是非一度お話がしたいと思っておりました」

父親にそっくりな策士であり、徹底《てってい》的な実力主義者だ。既に軍事の人事を任されており、戦果によって実行部隊の騎士達の採用と解雇《かいこ》を決める役割を担《にな》っている。どんなに身分が高い貴族でも、戦果がなかったら容赦なく切り捨てるので、実行部隊の人間からは相当恐れられている。

ウィストやソニアが副隊長になったのも、彼の意向があったのだろう。

アドニス＝クロノムがアーノルドよりも先に俺に挨拶をしてきたことは、この社交界の場では重要な意味になる。

クロノム家はアーノルドよりも、俺を支持すると表明したに等しいのだ。

そしてアドニスに続き、コーネットも俺に挨拶してきた。彼も侯爵家の代表としてこの舞踏会に参加していたのだ。ちなみにこの二人は学校では仲の良い友人同士らしい。

絶大な権力を持つ貴族二人が俺に挨拶をしていることに、人々はさらにざわついた。

「……まさか、エディアルド殿下を傀儡《かいらい》にするつもりか？」

「確かにそれも一つの手か」

俺はあくまで愚《おろ》か者であると信じて疑っていない人間はそう解釈する。

多くの貴族がアーノルドに挨拶をしている中、何人かの貴族は俺にも挨拶をしてきた。

クロノム家とウィリアム家が味方についたことで、俺も王太子になり得る人物だと見なしたのかもしれない。

あと俺と親しくしている学校のクラスメイト達も挨拶に来てくれた。

俺が話しかけてくる貴族にそつなく応対していると、会場の入り口の方が騒々《そうぞう》しくなった。

何事かと話していた貴族達と共にそちらへ顔を向けると……げげげ、かなり気合いを入れてめかし込んだナタリー＝シャーレットが母親と共に乗り込んできた。

「何故……何故、お姉様がここにいるの⁉　それにミミリア＝ボルドール、あんた如《ご》きが王室の舞踏会に呼ばれるなんて有り得ないでしょ⁉」

……頭痛を覚えたのか、クラリスが掌《てのひら》で額を押さえた。

ソニアがそんなクラリスを守るように彼女の前に立ちはだかり、いつでも剣《けん》が抜ける構えをとる。

それに倣《なら》ってウィストも俺の前に立ち剣の柄《つか》に右の手を添《そ》える。

護衛二人に睨まれ、たじろぐナタリー。

俺もまた母娘《おやこ》からクラリスを守ることができるよう、彼女の肩を抱く。

その時アーノルドの声が会場に響き渡った。

「ナタリー＝シャーレット、いい加減僕に付き纏《まと》うのはやめてくれ‼」

まさに悪役令嬢を断罪しようとしている主人公様の台詞だ。

デジャブを感じるのは多分、小説のアーノルドが似たような台詞を言っていたからだろう。

アーノルド＝ハーディンは、ミミリアと共に俺達の前を通りすぎると、悪役（？）母娘と対峙《たいじ》した。

「何故……何故ですの⁉　私は我が儘《まま》なお姉様と違い従順ですし、ミミリアのような賤《いや》しい生まれじゃありません。あなたを裏切り、エディアルド殿下に走った姉とは違い、私は精一杯《せいいっぱい》あなたに尽くしてきました」

ナタリーは分かりやすいくらい自分を上げる為に、クラリスやミミリアを下げている。

しかし、ヒロインに夢中なアーノルドには何を言っても無駄《むだ》だ。彼はミミリアを愛しそうに抱いて宣言する。

「僕は真実の愛を見つけたんだ。ミミリア＝ボルドール。彼女こそが女神ジュリに選ばれた聖女であり、僕が伴侶《はんりょ》と定めた女性でもある」

おお、来た！　原作の名場面だ。舞踏会の場でアーノルドはミミリアが伴侶であると宣言する。

ミミリアが聖女であると公表され、その場は騒然《そうぜん》となった。

テレスは……あ、扇子が完全に真っ二つに折れている。真っ赤な唇《くちびる》を噛《か》みしめて、怒りが隠せないみたいだな。何、勝手なことを宣言しているんだ⁉　って思っているんだろうな。周囲はテレスの怒りには気づいていないみたいだけど。

「有り得ない‼　そんな平民上がりの男爵《だんしゃく》の娘が聖女だなんて」

小説だとクラリスが言う台詞だったのだが、ナタリーが代わりに言っている。

ミミリアはアーノルドの後ろに隠れ震えているように見せかけて、密かに勝ち誇《ほこ》ったような顔をナタリーに向けていた。

小説だったら自分を貶《けな》す相手にも気遣《きづか》いを忘れない優しい娘だったのに……あーあ、ヒロインのそんな顔見たくなかったな。

「あの方が聖女様⁉」

「聖女様がアーノルド殿下の恋人ということは、アーノルド殿下が王太子になる可能性が高いのでは？」

ミミリア＝ボルドールが聖女であることに対し、その場にいる人々は半信半疑だ。

近いうちに神殿からミミリアが聖女だと正式に認められる筈だが、今目の前にいる彼女は清純なイメージとはかけ離れているしな。

「ミミリアって確か、魔術がからっきしだったよな？」

「勉強もあんまりできないみたいだし……この前のダンジョン試験も離脱《りだつ》してなかったっけ？」

「彼女が聖女⁉　……おい、ハーディン王国は大丈夫なのか？」

学園でミミリアのことを知っている貴族子弟は不安げな声を上げている。うん、君達が不安に思うのも無理はないよね。

もちろんミミリアの美しさに心を奪われ、崇《あが》めている貴族達も多い。特に学園内でミミリアに熱を上げていた者達は賛辞と同時に嘆《なげ》いている者もいた。

「今日のミミリアは一段と愛らしい」

「そうか……聖女様だったのか。ううう、アーノルド王子とお幸せに」

魔族の皇子ディノの侵攻《しんこう》のことを考えると聖女の力があった方が助かるだろうけど、今のミミリアにそんな力が得られるか、かなり不安がある。

聖女に選ばれたからには、毎日のように神殿で祈り、なおかつ魔術の鍛錬《たんれん》に励《はげ》まなければならない。

真面目に鍛錬を行っていれば、とっくに中級魔術師《まじゅつし》程度の実力くらいは身についている筈なのに、そんな話は一切《いっさい》聞かない。

この聖女様は真面目に鍛錬に取り組んでいないのではないか、と思われる。

いくら選ばれた人間だからといって、持っている力を発揮できるようにならなければただの人だ。

アーノルドへの愛がミミリアの力を目覚めさせる可能性はあるが、なにやらアドニス＝クロノムにも熱視線を送っている聖女様に愛の力が発揮できるかどうかは甚《はなは》だ疑問だ。

本来ならアーノルドがそんな聖女を諌《いさ》めるべきなのだけど、あの様子じゃ相当甘やかしているな。

やはり聖女の力は当てにしない方がいい。自分の身は自分で守るくらいの力をつけないといけないな。

その時ナタリーの母ベルミーラがクラリスに向かって、ヒステリックな声で怒鳴りつけた。

「クラリス、あなたはここに来てはいけない人間よ！　この舞踏会の場には相応しくないわ。王室にもあなたに代わってナタリーがこの舞踏会に参加することに了承《りょうしょう》を貰《もら》っているのよ」

華やかな格好をしているクラリスを見て余程頭にきたのか、感情的になっている。あーあ、クラリスの傲慢さに振り回されて困っている可哀想なベルミーラ夫人像が崩壊《ほうかい》しているな。

家の中ではああやってクラリスにいつも怒鳴りつけていたんだな。

先程まで密かに立腹していたテレスだが、そんなベルミーラが滑稽《こっけい》に思えたのか、可笑しそうに笑って話に入ってきた。

「確かにナタリー＝シャーレットの舞踏会の参加は了承しましたわ。侯爵家の一員としてね。ですが、クラリス＝シャーレット個人にも直接正式な招待状を送っていますの」

「直接って……我が家を通さず直接でございますか？」

信じられぬと首を横に振るベルミーラに、テレスは小首をかしげ、皮肉めいた口調で言った。

「だって、シャーレット侯爵家にお手紙を出したら、永遠にクラリスには届かないでしょう？」

「……!?」

「私ね、三回もお手紙を差し上げたのよ？　今度こそクラリスにお手紙を渡すようにって書いたのにね、まるで写したかのように同じ返信ばっかり。クラリスじゃなくてナタリーを代わりに行かせるって。あなた、王族からの書状を何だと思っているのかしら？」

ベルミーラの顔が思いっきり引きつる。

馬鹿《ばか》だな、王族からの手紙に内容を無視したような返信をしたら駄目だろう？

基本的に手紙は渡された本人が返信を書かなければならない。特に王族からの手紙は、余程の理由でもないかぎり代筆はしない。その家の信頼《しんらい》にも関《かか》わるからな。

以前は母上だけが軽《かろ》んじられていると思っていたが、テレスに対してもそういう態度だったのであれば、シャーレット家の人間は王族全体を舐《な》めていたわけだ。

その場にいる人々の突き刺すような視線が、母娘に集中する。

クラリスを怒鳴りつけるベルミーラの態度、それにテレスの言葉から、継子《ままこ》を虐げていたという噂は本当なのだろう、と思ったに違いない。

「きょ、今日は気分がすぐれないのでこれで失礼しますわ」

上ずった声で言う母親に、空気が読めないナタリーは不満顔だ。何故、この場から退散しなければならないのか？　と言わんばかり。

周りの視線にまるで気づいていないんだよな。ある意味幸せな人間だと思う。

「お母様、どうして」

「また別の舞踏会に行きましょう。私、気分が悪いので」

「お母様、でもクラリスとミミリアが」

「いいから帰りましょう！」

半ば強引《ごういん》に腕を引っ張られるナタリー。

彼女は母親の手を振り払おうとするが、母親も簡単にはその手を離さない。

舞踏会に参加できなかったのが相当悔《くや》しかったのか、ベルミーラとナタリーはこちらを振り返り、殺意に近い目つきで睨み付けている。

デイジーがクラリスの肩に手をかけ、小声で言った
「クラリス様、今日も私の家にお泊まりくださいませ」

「デイジー様？」

「今のナタリー様達の顔を見たでしょう？　家に戻ったらあなたを衝動《しょうどう》的に殺しかねません」

「……」

ハーディン学園は秋休みに入っている。前世と違って夏休みがなく、秋休みがあるのだ。

学校が秋休みに入ると、寮生は実家に戻らないといけない。だから今日からクラリスは寮ではなく実家に帰るはずだったのだが。

今、あの家に帰ったらクラリスが何をされるか分かったもんじゃない。

この際だから俺も兼ねてから準備していたことをクラリスに言っておくことにする。

「城内に君が住める部屋を用意している。もっと前から君をあの家から引き離したかったのだけど、父上と母上がなかなか了承してくれなくてね。説得するのに時間がかかっていたんだ」

婚約したとはいえ、まだ王室に入ったわけじゃない女性を城内に入れたら、他の貴族達に示しがつかないから、父上と母上が反対するのも無理はないのだけど、クラリスは実家に虐げられている状況《じょうきょう》なのだから、これは緊急事態《きんきゅうじたい》だ。

結局、父上が折れてくれたから部屋の確保はできたけど、ベルミーラと仲が良かった母上は俺の説得に応じてくれなかった。

ベルミーラがいかに友達と称《しょう》して母上を利用していたか、一から十まで説明したけれど、なかなか信じてもらえずにいた。最後の方はもう少し人を見る目を養うように、と警告もしたけど、どうも母上はピンときていない感じなんだよな。

俺はまだ十七歳《さい》の若造だ。しかもつい最近まで馬鹿と呼ばれていた息子に、何を言われても説得力はないのだろうけど。

誰か母上よりも年長の人が説得してくれたらいいんだけどな。

しかし肝心《かんじん》のクラリスが首を横に振って言った。

「お気遣いありがとうございます。ですが、私は一度実家に戻ろうと思っています」

「しかしこのままあの実家にいたら」

「大丈夫ですよ。大半の時間は屋敷《やしき》を抜け出してヴィネの元で過ごすことになると思いますし」

「……」

クラリスは少し楽観視している節がある。今までのようにただの嫌がらせが続くだけだろう、と思っていやしないか？　あのナタリーとベルミーラの目は、狂気に近いものがあった。ハッキリ言って何をしでかすか、分かったものではない。

城に泊められないのであれば、どこか良い宿泊《しゅくはく》施設がないかと考えるが、残念ながら貴族の令嬢を泊められるような、安全で設備が調った高級ホテル的なものはこの国に存在しない。

今度そういった施設をつくるように、デイジーの父親、クロノム公爵に掛け合うのもいいかもな。宿泊する場所がなくて、王都の旅行に行きたくても行けない地方の貴族達の為にもなるし、外国の来賓《らいひん》を招く施設としても使える。

「秋休みはおよそ三週間。三週間もの間、君をあんな実家に置いておくわけにはいかないよ」

俺の訴えにクラリスは首を横に振った。

「だからといって婚約の段階で王城に住まうのは、他の貴族の反感を買ってしまいます」

「……」

反論はできないな。王城に住むことができるのは王族だけ。

もちろん客人が宿泊する部屋はあるが、そこも外国の貴賓《きひん》が泊まる場所とされている。

国内の貴族の娘が王城に寝泊《ねと》まりするなど、有り得ないことなのだ。

クラリスを城に住まわせようものなら、俺の存在を快く思っていない連中は、ここぞとばかり俺を叩くだろう。クラリスは恐らくそれを懸念しているのだ。

だからといって彼女があの危険な実家に戻るのを黙って見ているわけにはいかない。

どうすればいいか考えていたところ、デイジーがクラリスに申し出てきた。

「王城が駄目なら、私の家にずーっとお泊まりくださいませ。同性の友人同士のお泊まり会は貴族令嬢の間でもよくあることですから、何の気兼《きが》ねもいりませんわ」

「そ、そんな、昨日もお世話になったばかりなのに」

「そんなの気にしないでくださいませ！」

クラリスはかなり迷っているみたいだ。

彼女とてできればあんな家には帰りたくはない。しかし、そこまで友人に甘えるわけにはいかないと思っているのだろう。

クロノム家に滞在するのであれば、俺も安心なんだけどな。

「ソニア様もせっかくだから一緒にお泊まりくださいね。今日も三人で沢山お話をしたいですわ」

「わ、私まで良いのでしょうか？」

ソニアも申し訳なさそうな顔をしながらもちょっと嬉しそうだ。

昨日のお泊まり会は随分《ずいぶん》と楽しかったようだな。

友達同士のお泊まり会というのはそんなに楽しいものなのだろうか……前世でもあんまりそういうことはしたことがなかったからなぁ。

大学時代、飲み過ぎて友達のアパートに泊まったぐらいで。あれはお泊まり会とはまた違うもんな。少なくとも会ではない。

俺もウィストの家にホームステイするか？

そうすればいつもより早く魔物退治に出掛けられるな。思い切って遠出をするのも悪くはない。出会ったこともない魔物に出会えるかもしれないし、思わぬアイテムも手に入るかもしれないからな。

俺の部屋に存在感を消す魔術をかけとけば、気兼ねなく外泊することができる筈。

そんなことをグルグル考えていたところ、デイジーが何かを思いついたかのように、ポンッと手を打った。

「そうですわ！　実は私達、秋休みに旅行へ行く予定がありますの！　クラリス様とソニア様もご一緒しましょう」

「りょ、旅行ですか⁉」

クラリスは目を白黒させる。なんだか凄い話になってきたな。

デイジーの説明によると、どうもクロノム家は毎年領地内にある離島《りとう》に、家族で旅行に行くらしい。常夏の島であるその離島は、色鮮やかな植物、青く澄《す》んだ海、白い砂浜《すなはま》が広がり、とても美しい場所なのだという。

旅行か……生まれ変わってから一度も行っていない。前世では学生時代、友達と行ったりしていたけど。

ソニアはとっても興味津々な表情を浮かべる。

「旅行ですか！　それで、どのようなダンジョンに挑《いど》むのですか」

「もう、ソニア様。冒険《ぼうけん》と旅行は違いますわ」

「へ……し、しかし我が家の家族旅行は、ダンジョンが定番なのですが」

――――どういう家族なんだ？

と、その場にいる全員がドン引きしてしまった。どうやら、ソニアの家は、家族旅行と称し、滅《めっ》多《た》に行かないダンジョンに挑《ちょう》戦《せん》しにいくのが定番らしい。

「私はのんびり過ごすことが多いですけど、お兄様はソニア様のように密林のダンジョンに冒険しに行くこともありますわ」

「「「密林のダンジョン!!」」」

俺とウィスト、それからソニアはそろえて声を上げた。

離島にある密林のダンジョン……もうレアアイテムがありそうな予感しかしない。

それに珍《めずら》しい魔物とも会える可能性が高い。

海の魔物にも出会えるかな？　海底のアイテムも見つかるかもしれないし。

こいつは俺も参加したいな。ウィストも参加したそうだし……コーネットも誘《さそ》えば、合宿という形でクロノム家のお世話になることが可能ではないだろうか。

それに離島なら空気もいいよな……最近体調を崩《くず》しがちな母上を連れていくことはできないだろうか？

俺がそんなことを考えている横でデイジーは目を輝かせて離島の話をする。

「あそこはまだまだ未開発な場所なので、新種の魔物やアイテムも発見できることがあるのです」

おお、やっぱりそうか。

これはますます行きたくなったな。

でもそうなってくると、一度父上にお願いをしなければならないな。もうすぐ月に一度行われる国王謁見《えっけん》で、旅行の許可を貰わなければ。

本当はクラリスとの結婚をお願いしようと思ったんだけどな……しかし体調を崩している母上のこともあるし、そのお願いは次回に持ち越《こ》すことにしよう。

ソニアは密林のダンジョンと聞いてから、めっちゃノリノリだ。

そしてキラキラした目でクラリスの方を見る……何も言わないが、一緒に参りましょうという圧が彼女にのしかかっている。

嬉しそうな友人二人を前に、クラリスが正面から断れるわけがなかった。

「わ、分かりました……ご迷惑《めいわく》じゃなければ、よろしくお願いします」

「きゃーっっ！　嬉しいですわっっ‼　今年の旅行、今まで以上にとても楽しくなりそうです」

デイジーが思わずクラリスに抱きついた。

ソニアもその横で拍手をしている。

クラリスは何だか照れくさそうに笑いながら言った。

「旅行なんて久しぶり……この後楽しいイベントがあるかと思うと、気が重いこの舞踏会も乗り切れそうです」

「その意気ですわ、クラリス様」

ん？

クラリスは旅行に行ったことがあるのか？

あのシャーレット家の人間が、クラリスを連れて家族旅行をしていた時があったのだろうか。クラリスの実母が生きていた時の話かな？

俺がそう思った時、テレスの侍女《じじょ》らしき女性がこちらに近づいてきた。

能面のように無表情なその女性は、淑女の礼を取り、抑揚《よくよう》のない口調でクラリスに告げる。

「クラリス＝シャーレット侯爵令嬢、テレス妃殿下が是非二人きりでお話をしたいとのことです」

◇◆クラリス視点◆◇

私の名はクラリス＝シャーレット。

アーノルド殿下の誕生祝いの舞踏会にて、エディアルド様達とお話をしていたところ、テレス妃からのご指名を受けてしまいました。

私を庇《かば》うようにテレス妃の侍女の前に立ちはだかるエディアルド様。

わざわざ指名するなんて、テレス妃は一体私に何の用なの？

あんたの息子は私に会うのが嫌でお茶会をする休みしたのよ？　しかもエディアルド様との婚約も手放しに喜んでいたと聞いているわ。

今更何？　というのが本音。

テレス＝ハーディンは小説だと主人公を支えるやり手の女性として描写《びょうしゃ》されている。現実の世界でも多くの貴族達を味方につけ、あのポンコツ（おっと、失礼）を王太子有力候補に祭り上げることに成功しているところからしても、実際にやり手なのだと思う。

今、私はかなり苛っとしているけれど、側妃直々の誘いをこの場で断るのは得策じゃないわ。私だけじゃなく、エディアルド様の心証も悪くなる。

私は諫めるようにエディアルド様の肩に触れ、事を荒立《あらだ》てないようにと首を振るジェスチャーをした。

エディアルド様はしぶしぶと侍女の前から退く。そして私に耳打ちをした。

「君の視界にいるようにしておくから、困ったことになったら、すぐに目で合図をしてほしい」

「分かりました」

私はエディアルド様に頷いてから、侍女の後について行く。

テレス妃は玉座から席をはずし、テラスに設置されたテーブル席に移動していた。

私と二人きりで話す為に特別に用意したってことかしら。

テーブルの上には、一際豪華《ごうか》なお菓子や軽食が並んでいる……うわ、このクラッカーにのっているる食材って、ひょっとしてフォアグラ⁉

内心ドキドキしながら席に着くと彼女はにこりと私に微笑みかけた。そして紅茶を飲むように勧《すす》められたので、私は大人しく従うことにする。

さすがに息子の誕生日祝いの席で毒を盛るなんてことはないと思うのよね。

テレス妃は紅茶を一口飲んでから口を開いた。

「クラリス＝シャーレット、あなたの噂は聞いているわ。学園での人望も厚く、成績も優秀だそうね」

「『王国の紅き薔薇』と誉《ほま》れ高いテレス妃殿下にお褒めにあずかり、誠に恐縮至極《きようしゆくしごく》に存じます」

我ながら歯が浮くわ。

恐悦至極《きようえつしごく》と恐縮至極どっち使ったらいいか一瞬《いつしゆん》迷ったわよ。どっちにしても歯が浮くわ。

テレス妃が『王国の紅き薔薇』と言われているのは、まぁその美貌もそうなんだけど、一番の理由はあの招待状だ。テレス妃の招待状はいつも薔薇の花が描かれた赤い封筒に入っている。

まぁ薔薇は黒で描かれているから、本当は黒い薔薇なんだけどね。黒は禍々《まがまが》しいイメージがあるからキャッチには相応しくないものね。

「今、数多くの若い娘達が舞踏会に参加しているけれど、あなたはその中でも一際美しく、聡明《そうめい》さも際立っているわ」

「いいえ、私などまだまだ若輩者《じやくはいもの》です」

「勿体《もったい》ないわね……あなたは今の状況に甘んじているつもり？」

「……」

さっそく切り込んできた問いかけに、私は紅茶を飲もうとしていた手を止めた。

カップをソーサーの上に置いてからテレス妃を見詰め、落ち着いた口調で尋ね返す。

「今の状況とは？」

「もちろん今の状況よ。あなたにはもっと相応しい立場があると思うの」

さすがにこの場でははっきりとは言わないわね。でも暗にエディアルドの婚約者で満足しているのか？　と尋ねたいのだろう。

私は両手を膝《ひざ》の上に置いて姿勢を整えてから、穏やかな笑みをたたえテレス妃の問いに答える。

「甘んじるも何も、私は今の状況にはとても満足しています」

「あらあら。自分の価値を自覚していないようね。あなたであれば、もっと上を目指せる筈よ」

「上というのは具体的には？」

私は上目遣《うわめづか》いでテレス妃の方を見詰める。

いかにも野心がありそうな、そんな雰囲気《ふんいき》を演じてみると、テレスはあっさりと具体的なことを言ってきた。

「あなたは元々、私の息子アーノルドの婚約者候補だった。あなたが望むのであれば、元の立場に戻してあげるわ。私が頼み込めば、王妃様もあなたとエディアルド殿下の婚約を考え直してくださる筈」

「つまりエディアルド様との婚約を破棄《はき》し、アーノルド殿下との婚約を結ぶということですか？」

「ふふふ、そういうことね。聡《さと》いあなたであれば分かるでしょう？　どちらの王子の方が王太子として優勢か」

「分かります。すべてはテレス妃殿下の裁量があってこそ」

「あらあら、そこまで分かっているのね。とても良い娘だわ」

アーノルド殿下がエディアルド様よりも優勢なのは確かだ。しかし、それはテレス妃の根回しが功を奏しているだけであり、決してアーノルド殿下の実力ではない。

嫌味を遠回しに言ったつもりなんだけど、テレス妃は言葉をそのまんま受け取って喜んでいるみたいだった。

「妃殿下の申し出、身に余る光栄なことですが、私は辞退させていただきます」

私の言葉に、それまでニコニコ顔だったテレス妃の細い眉《まゆ》がぴくりとつり上がる。

相手をあまり刺激《しげき》しないように、私は友好的な笑顔のまま、尤《もっと》もらしい理由を述べた。

「先程アーノルド殿下が仰せになったではありませんか。真実の愛を見つけた、と。ミミリア＝ボルドール男爵令嬢は女神ジュリに選ばれた聖女です。聖女様を差し置いて私がアーノルド殿下と婚約するわけにはまいりません」

「その心配には及ばないわ。あなたを王妃に迎え、ミミリアを側妃にすれば良い話」

うわぁ……凄いこと言っている。

しかも聖女様の方が側妃なんだ……側妃って聞こえはいいけど、平たく言えば国王の公認の愛人なのよね。他の国ではどうなのか知らないけれど、この国ではそういう扱いなの。

聖女様が王子の愛人だなんて、神殿が黙っているとは思えないけどな。

でも考えてもみたらテレス自身が側妃なのだ。テレスは国王の愛人じゃなくて、妃の一人だと思っている。だから平然と王妃様が座るべき玉座に座っているのだ。

いくらこの舞踏会の主役である第二王子の母親だからといって、本当はあの席に座っても良いわけじゃない。国王が許したとしても、側妃は遠慮《えんりょ》をするものなのだ。

まぁ、そういう考えだから聖女様を側妃にすることに何の疑問も抱かないのだろう。

私は淡々《たんたん》とした口調でテレス妃に告げた。

「聖女様を差し置いて王妃になるわけにはまいりません。あくまで私はエディアルド殿下の婚約者として、この国の為に尽力《じんりょく》する所存でございます」

「あんな子は、あなたには相応しくないわ」

「……」

腹が立つ。エディアルド様は『あんな子』呼ばわりされるような人じゃないのに。アーノルドと結婚する方がよっぽど地獄じゃない。結婚したら夫だけじゃなく、愛人のフォローまでしなきゃいけないってことでしょ？

あなたは愛する我が子の為、そして自分の野心の為に、息子のことも喜んでフォローしているのかもしれないけれど、生憎《あいにく》私にはあなたのようにアーノルド殿下への愛情はないし、野心もありませんから。

好き好んでお守りなんかしていられない。

私は慎《つつ》ましい生活でいいから、好きな人と穏やかな生活を送るのが夢なの。あなたと一緒にしないでほしい。

「テレス妃殿下、アーノルド殿下には聖女様がいらっしゃいます。それにアーノルド殿下も才覚溢《あふ》れたお方、私がおらずとも必ずやこの国を良き方向へ導いてくださると思います」

「ええ……まぁ、そうなのだけど」

テラスに設けられたお茶席とはいえ、少し離れた所で耳を凝《こ》らして私達の会話を聞いている貴族達は多い。

息子が心許ないから、あなたが支えてやって頂戴《ちょうだい》！　とは言いづらいでしょう？

息子は天才って触れ回っているのだから。

「だけどね、私としてはあなたの才能を無駄にはしたくないのよ」

「私自身は今の状況が無駄だとは思っていませんので」

「私の知り合いにね、素敵なブティックを経営している人がいるの。今度紹介《しょうかい》するわ」

「先日素敵なドレスをエディアルド様から頂いておりますので」

「シャーレット家よりも遥《はるか》かに良い暮らしを約束できるわ」

「今の状況も十分実家より良い暮らしですから」

テレス妃はそれからひとしきり、あらゆる好条件を私に言ってきたけれど、どれも心に響くものはなかった。

私は権力には興味が無い。健康で文化的に暮らせる生活があればそれでいい。

長々と話を聞いて疲《つか》れてきた私はエディアルド様の方を見た。彼はひとつ頷いてから、こちらに近づいてきた。

「本日はお招きありがとうございます。テレス妃殿下、婚約者がしびれを切らしているようなのでこれで失礼いたします」

私は立ち上がり淑女の礼をとった。

本当に疲れたわ。でもこれでしばらくはテレス妃が私に接触《せっしょく》してくることはないかな。早くエディアルド様やデイジー達の所に戻りたい。

ところがテラスから広間に戻った時、アーノルド殿下が足早にこちらに歩み寄ってきて、私の肘《ひじ》をぐっと掴《つか》んできた。

な、何っっ……⁉

テレス妃の次はアーノルド？　一体何なの⁉

「兄上よりも、僕の方が君をもっと幸せにできるっっ‼」

「…………」

思わず固まってしまった。私の斜《なな》め後ろにいるエディアルド様も固まっている気配を感じる。

まるでドラマのような1シーン。絵面だけ見ていたら、ときめく乙女《おとめ》も多いと思う。

小説に登場するエディアルドのようなクズ男が婚約者だったら、アーノルドは救世主に見えただろう。

でも今の台詞は、先程ミミリアとの真実の愛宣言をした口から出てきたもの——ええ、堂々と二股宣言です。

この国は一夫多妻が認められているし、倫理観《りんりかん》とか道徳観が日本と違うのは分かっているけど。

無理。この男とは絶っっ対に無理っっ‼

兄上よりも幸せにできるぅ？　その自信はどっからくるわけ？

二人を同時に幸せにできるなんて本当に思っているの？　この王子様。頭の中、無限のお花畑が広がっているみたいね。

相手が王子じゃなきゃ口に出して、そう怒鳴っていたわよ。

あー、無駄に爽《さわ》やかな顔がさらにムカつく。

婚約者であるエディアルド様がそばにいるのに、口説こうとしているなんて本当にどうかしている。

……というかミミリアはどこへ行ったの⁉　ちゃんと恋人のこと見張っていないと駄目でしょ⁉

「初めまして、アドニス様ぁ。私はミミリア＝ボルドールといいます。今日はあなたにお会いできて、とっても嬉しいです」

「あ……はぁ……どうも」

「私、あなたと二人きりでお話がしたいのですが」

「聖女様、あなたはアーノルド殿下の恋人なのでしょう？　二人きりでお話をしていたら、周囲からあらぬ誤解をうけます」

「誤解だって殿下には言っておきまーす」

いつの間にかデイジーのお兄様、アドニス＝クロノム先輩にすり寄っている⁉　アドニス先輩自身はものすごく迷惑そうだけど。

恋人が他の男に色目を使っていることに気づくことなく、アーノルド殿下は真剣な眼差しで私を見詰めていた。

「僕は悪い噂に惑《まど》わされて君と会わなかったことを、とても後悔《こうかい》している。学園で君のことを知れば知るほど、僕にとって君がいかに必要な存在なのか思い知らされた」

その言葉、小説のクラリスが聞いたら泣いて喜んでいたでしょうね。きっと舞い上がるような気持ちでアーノルドの手を取ったに違いない。

だけど小説のクラリスと私は違う。

今の私の気持ちは舞い上がるどころか、ブリザードが吹き荒《あ》れている。平然と二股をかけようとしているこの男に殺意すら覚えた。

元彼にそっくりだわ、この人。今更ながら前世の私は何でこんなタイプの人と付き合っていたのだろう？　と疑問に思う。

「どうかもう一度僕と婚約してほしい」

「無理です」

「……は？」

迷いもなく即答してしまう私に、アーノルド殿下は目を点にした。

……うん、自分でももっとオブラートに包んでお断りすれば良かったって後悔したけれど、拒絶《きょぜつ》反応故か、ストレートな言葉がすぐに口から飛び出てきてしまった。

「アーノルド殿下、厳密に言えば私はあなたの婚約者候補、婚約者だったわけではありません」

「いや、それは」

「私は、私だけを愛してくださる方しか愛することができないのです。既に聖女様という最高な恋人がいらっしゃるあなたとは無理です」

今度はオブラートに包んだわ。ストレートに言うと二股野郎《やろう》の婚約者になるのなんか、まっぴら御免《ごめん》だ、ってことなんだけどね。

「クラリス、そろそろ行こうか」

一部始終を見守っていたエディアルド様が、タイミングを見計らって私の元に歩み寄ってきた。

私はほっと安堵《あんど》の表情を浮かべる。この人がこんなにも安心できる存在であることを今程実感したことはない。

私は肘を掴んでいるアーノルド殿下の手をそっと外し、エディアルド様の手をとった。

お互いに目が合うと、嬉しくなって自然と笑みがこぼれる。

その場から離れる私の背中にアーノルド殿下が堪り兼ねたように問いかける
「そんな愚か者のどこが良いんだ⁉」

「……っ⁉︎」

アーノルド殿下、見損なったわ。

取り巻きと違ってあなたはエディアルド様を露骨《ろこつ》に見下してはいなかったけれど、心の底では馬鹿にしていたのね。弟であるあなたの口から兄が愚か者だとは言ってほしくなかった。

私は一度立ち止まり、振り返ってから彼を睨んだ。

まさか敵視されるとは思っていなかったようで、アーノルド殿下はビクッと肩を上下させる。

「エディアルド様は愚か者ではありません」

「何を言うんだ。勉学もろくにできないし、魔術も師匠《ししょう》に見捨てられるほど才能がなかった」

「それは以前の話でしょう？　昔のエディアルド様がどうだったのかは存じあげませんが、今、私が知っているエディアルド様は、あなたが言うような愚かな方には見えません」

「そ、それは君の前で自分の愚かさを隠しているだけだ」

私の答えが信じられないのか、アーノルド殿下は何度も頭《かぶり》を振る。

そうよね、母親からも異母兄は愚かであると言い聞かされ、周囲の人間もエディアルド様を馬鹿にしているんだものね。あなたがそういう考えになってしまうのも無理はないわ。

もし小説の通り馬鹿なエディアルドだったら、私もあなたの方がマシだと思って、その手をとったかもしれないわね。

あなたに近づいている貴族達だって同じ。愚かなエディアルドよりはまだマシという理由で、あなたの側にいる者も少なくない。

とにかくハッキリと断る為に、私はアーノルド殿下に敢えて笑いかけた。

「あなたのお言葉をお借りしますと、私も真実の愛を見つけたのです」

「……⁉」

真実の愛なんて、すっごく安っぽい表現だけど、あなたが大真面目な顔で言った台詞だから、笑い飛ばせないわよね。

だけど私がエディアルド様をお慕いしているのは本当のことだ。

「兄上が真実の愛だって……⁉」

完全にプライドを打ち砕《くだ》かれたアーノルド殿下は、身体を小刻みに震わせ唇を噛みしめていた。

エディアルド様は私の肩を抱き寄せ、異母弟に諭すように言った。

「アーノルド、欲張らないでミミリアだけを愛してやれ。彼女を一途に愛することで、聖女の力は初めて発揮されるのだから」

「兄上……」

口惜《くちお》しそうにエディアルド様を睨み付けるアーノルド殿下。

私もエディアルド様も、自分勝手な理由で弟妹に恨《うら》まれる星の下に生まれたのかな？

突き刺すようなアーノルド殿下の視線を感じながら私は、エディアルド様と共に舞踏会の会場を後にすることにした。

ソニアとウィスト、デイジーとアドニス先輩も私達の後に続く。

デイジーが元気づけるように私と、それからソニアに向かって言った。

「さ、今日はもう一回お泊まり会ですわ！　明日からは一緒に旅支度をしましょうね！」

「あ、そのことなんだけどさ、デイジー嬢。君達の旅行に俺も同行できないかな？」

突然《とつぜん》のエディアルド様の申し出に、デイジーは目を丸くしてからオホホと手で口を押さえ、淑やかに笑う。

「あら、殿下は本当にクラリス様が好きなのですね」

少し揶揄《からか》うような口調のデイジーに、エディアルド様は照れくさそうに笑うものの、すぐに真面目な表情に戻った。

「もちろんクラリスと共にいたいというのもある。だけど、実は母上も連れていけたら、とも思っているんだ」

「王妃様でございますか。ですが、王妃様にもご予定があるのでは？」

「最近母上は体調を崩しがちで、王室も殆ど予定を入れていないんだ。少し空気の良い静かな所に連れていきたい」

「そうでしたの。王妃様はお父様にとって従兄妹《いとこ》ですし、きっとお力になれると思いますわ」

デイジーも表情を引き締《し》め、エディアルド様の申し出に頷いた。

王妃様、体調を崩していらっしゃるのね。

無理もない。王妃様ともなれば、膨大《ぼうだい》な公務に追われているだろうし、休日というものが実質ないに等しいのだから。

心身共に回復するまで、空気の良い静かな場所で休養されるのなら私も協力したい。

南の離島って言っていたけれど、この世界の南の島ってどんな感じなのだろう？

凄く楽しみだな。

◇◆ミミリア視点◆◇

私の名前はミミリア＝ボルドール。

前世では色々あって死んじゃったけど、ラッキーなことに憧れの小説のヒロインに転生したの。

ハッピーエンドを迎える為に、学園に入学してから私は筋書き通りの道を歩んでいた。エディアルドとの出会いのシーン……うん、ちょっと微妙《びみよう》だったけど一応予定通り。

エディアルドはツンデレ発言が目立つけど、ちゃんと私を好きになってくれた。名前を覚えていたのがその証拠。

そして大本命である、アーノルド王子との出会いのシーンは大成功。

そのきっかけになってくれたのが、平民出身の男爵令嬢である私のことを馬鹿にし、ことあるごとに苛《いじ》めてくる悪役令嬢、ナタリー＝シャーレットだ。

クラリスがあのエディアルドと婚約していると聞いた時にはどうなることかと思ったけれど、やっぱりこの世界は小説の筋書き通りにいくようにできているのね。女神ジュリが代わりの悪女を用意してくれたみたい。

ある日私は、階段の踊り場でナタリーとその取り巻き達に囲まれていた。

「何であんたみたいな平民がこの学園にいるわけ⁉　考えられないんだけど‼」

「あなた魔術もろくに使えていないじゃない。それに授業にもついていけてないわよね？　何でCクラスじゃなくてBクラスなのかが不思議なんだけど」

「平民のあなたがどうやって、あの善良なボルドール男爵夫妻を誑《たぶら》かしたのかしら？」

ナタリーにギリギリと手首を掴まれて、私は痛みに唇を噛んだ。

普段は誰かしら助けてくれるのだけど、その時はたまたま周りに誰もいなかったの。

人目がつかない所で私が通りかかるのを待っていた、ってことよね。ご苦労様って感じだけど……

痛たたた、手首掴みすぎよ‼　ナタリー、どんだけ握力《あくりょく》強いのよ⁉

その時、誰かが階段から駆け下りてきた。

ナタリーはぎくっとして、反射的に私から手を離す。

その人物はこちらに駆け寄ってくると、私を庇うようにして、立ちはだかったの。

「何をしているんだ⁉　お前達は！！！」

「「あ、アーノルド殿下」」

それが私とアーノルドの出会い。

小説では学校の裏庭だったような気がするけど、この際だから場所はどうだっていいわ。

アーノルドの台詞が小説の通りで感激しちゃった！

悪役令嬢がクラリス＝シャーレットじゃなくてナタリー＝シャーレットだけど、それもどっちでもいいわ。

とにかく私が苛められているのを、アーノルドが助けてくれるってところが重要なんだから。

焦っているナタリー達の顔、超《ちょう》ウケる。

今までホントにウザかったから、ざまぁって感じよ。

「わ、私達はこの女が身分に相応しくない場所にいるから、咎《とが》めていただけです‼」

ナタリーの訴えに、アーノルドは嫌そうに表情を歪めた。

彼は身分で差別することを何よりも嫌うのよね。これも小説の通りだわ。

「学園に入学した者は、身分に関係なくこの場で教育を受けることが許されている。彼女は正式に入学したのだろう？　だったら君達が咎める理由はない筈だ」

「し、しかし……」

「僕は、よってたかって一人の人間を苛《さいな》むような人間は嫌いだ」

「「「……!?」」」

あの時の絶望に満ちたナタリーの顔ったらなかったわ。

腹を抱《かか》えて笑いたかったけど、我慢《がまん》、我慢。口がニヤつきそうだけどね。

聖女である私を馬鹿にするから、アーノルドに嫌われるのよ。

「それよりも怪我《けが》はないか？　君」

「わ……私は平気です」

と言いつつ、さりげなくナタリーに掴まれた手首が見えるよう、私は右手を胸にあてた。

アーノルドはすぐに手首の痣《あざ》に気づいて、私を保健室へと連れていってくれた。

ナタリーに強く腕を掴まれた所は濃い痣になっていたけれど、あいにく保健医の先生がいなかった。

「僕の治癒《ちゆ》能力だと完璧には治らないかもしれないけど」

「王子様にそこまでさせるわけにはいきません」

そう言いつつも、私はさりげなく制服の袖《そで》をまくり手首の内側をアーノルドに見せた。

そこには聖女の証である紅い薔薇形の痣がある。ちゃんとアーノルドに見てもらわないとね。

「……っ⁉」

狙い通り手首にある薔薇形の痣の存在に気づいたアーノルドは感激した表情を浮かべ、私の両手をぎゅっと握って言った。

「君こそ、僕の運命の相手だ……‼」

アーノルドの台詞も小説の通り。

私は憧れていた王子様に抱きしめられ、幸せいっぱいだった。

本命の彼とは理想的な出会いを果たすことができて大満足。

それからの学園生活は薔薇色に変わったわよ。

授業の時以外は、いつもアーノルドと一緒にいるようになった。

だけど――。

「殿下はあの平民の娘に目を掛けすぎている」

「一体何なの、あの娘は」

「平民上がりの男爵の娘などより、伯爵《はくしゃく》家の娘である私の方が相応しいじゃない」

アーノルドのクラスメイトであり、彼の取り巻き達の中には私の存在を快く思っていない人達がいた。

ま、主に女子だけどね。アーノルドの恋人の座を狙っているのはナタリーだけじゃないもの。

それからアーノルドをガードする四守護士。

彼らは小説でも大活躍していたアーノルドの大切な仲間なのは分かっているけれど、デートしている間まで護衛しなくてもいいじゃない。気を利《き》かせてほしいわ。

だからアーノルドに頼んだの。四守護士や取り巻きを遠くにやるように。二人きりの時間を過ごしたいって甘えたら、彼はすぐに了承してくれたわ。

うふふふ、私がアーノルドと仲よく話しているところを見たナタリーのあの顔。嫉妬に身を焦がしているのが手に取るように分かったわ。

私を苛めているのも今の内。あなたが待ち受けているのは、悲惨《ひさん》なバッドエンドなんだから。

本当に最高な気分！

それから半月後、私は生徒会に入ることになった。Bクラスで生徒会に入ることは異例なことだけど、なんとクラリス＝シャーレットが私のことを生徒会に推薦《すいせん》したのだとか。

何かの聞き間違いかと思ったけれど、よく考えたらクラリスとナタリーって異母姉妹で、仲が悪いって噂があるのよね。妹の嫌がらせの為に、私を推薦したのかも。

クラリスってば何て（都合が）いい人なの!!

これもまた小説の設定通り、私はアーノルドの側で生徒会の仕事をするようになり（生徒会室でアーノルドとお茶するだけなんだけど）、私達はさらに仲を深めていった。

もちろんナタリーからは度重なる嫌がらせを受けたけどね。悪口を言われたり、ノートや教科書を隠されたり、机に落書きされたり。

でも全然平気！

だって想定の範囲《はんい》内だし、クラスの中にも私を庇ってくれる男の子がいるし。

彼女達が苛めるほど、アーノルドは私のことをとっても大切にしてくれるから。

「今度僕の誕生日に舞踏会が開かれるんだ」

「え……でも、あの舞踏会は選ばれた貴族しか行けない筈では」

「君は僕に選ばれた人だ。だから堂々と参加すれば良い」

「で、でも婚約者の方は」

「婚約者？　僕にはまだ婚約者はいないけど？？」

あ……しまった。

小説ではクラリスが婚約者だったけど、この世界ではクラリスとエディアルドが婚約しているんだった。

ついつい小説通りの台詞を言ってしまったわ。うーん、婚約者がいないのは、ちょっと張り合いがないわね。

でもいいよいよ、待ちに待った舞踏会イベントがくるのね。ずっと前から楽しみにしていたの。

あの舞踏会で、アーノルドは私が聖女で、将来結婚する相手であることを宣言するのよ。

楽しみすぎるっっっ‼

◇◆◇

舞踏会当日。

養子先の男爵家の使用人達は、私をこれでもかと着飾ってくれたわ。

フリルとリボンをふんだんに使ったドレス。

クリーム色の可愛らしい色合いながら、胸元は大胆に見せる、あざと可愛いドレスよね。

これ、私がブティックに頼んで作らせたものなの。ブティックの人は微妙な顔をしていたけどね。

もう少し胸元は見せないようにした方がいいんじゃないか、って何度も確認されたけど、それじゃあ私の魅力《みりょく》が半減するじゃない。

デコルテの美しさが自慢《じまん》なのに。

お化粧《けしょう》もばっちり決めて準備が調ったところに、アーノルドが迎えにきてくれたわ。

きゃーっっ！　正装したアーノルド、超格好いい‼

誕生日の主役である彼が迎えに来てくれるなんて、本当に私のこと、大切に思ってくれているのね。

「ミミリア、今日の君は一段と綺麗だよ」

「アーノルドも素敵よ」

あ、ここだけの話。

私達は敬称《けいしょう》を付けずにお互いのことを呼ぶようになった。

将来家族になるのだから、堅苦《かたくる》しい会話はやめようって話になったの。

舞踏会会場は想像以上に華やかな場所だったわ。

広間の中央にある巨大クリスタルは七色に輝き、貴婦人達のドレスも色とりどり、壁や柱の装飾も金色に輝き、まるで夢を見ているみたい。

アーノルドに連れられて会場に入った私は、エディアルドが羨ましそうにこっちを見ているのに気づいたわ。

平気な振りをしているけれど、あれは内心悔しがっているわ。私には分かるの。

だって小説にもそう書かれていたから。

うふふふ、残念ね。私は馬鹿王子には興味ないの。あなたにわざとぶつかったのは、あくまで小説の筋書き通りに物語を進める為。あなたが好きだからじゃないのよ。

エディアルドと別れてから、私達は王様とお妃様の所へ行ったわよ。お妃様はアーノルドの母親だけに顔が似てるわね。

気のせいか睨まれたような気がするけど……あー、ヤダヤダ。この世界でも嫁姑《よめしゅうと》問題ってあるのかしら？　姑になる女は面倒くさそうね。

国王様の方は優しそうだけどね。王妃様を含《ふく》めて四人のお妃様がいたみたいだから、かなりの女好きよね。さすがに私のことは娘を見るお父さんのような目で見ているけど。

挨拶をパパッと終わらせたら、いよいよメインのダンスよ！

私はアーノルドにリードされながらダンスを踊ったわ。ダンスはこのイベントの為に一生懸命《いっしょうけんめい》練習したのよ。

皆、私達に注目している……うん、もう最っ高‼

その時エディアルドが席を立って、水晶広間を出て行った。

うふふ、私達が仲良くダンスをしているシーンを見るのが辛《つら》くなったのね。

ひとしきりアーノルドとのダンスを楽しんでいると、不意に会場がざわめいたの。

何かと思ってそっちを見たら……嘘、あれはクラリス＝シャーレット？

な、何か学校で見た時より数倍綺麗になっている？　しかもエディアルドが、彼女をエスコートしている。

エディアルドは私達の姿を見て、居たたまれなくなって帰ったんじゃなかったの？

それにクラリスと一緒にいる人達もレベルが高いわ。

眼鏡女をエスコートしているのは、まさか……超絶《ちょうぜつ》美形キャラのアドニス＝クロノム⁉　何であんな眼鏡女を……って、あ、髪の毛と目の色が一緒だ。それに顔もどことなく似てるし、あの二人は兄妹なのね。びっくりしたぁ！

だけど皆の注目がクラリス達に向けられる。

エディアルドも顔だけはいいし、アドニスも加わったらそりゃ皆注目するわよ‼

しかも護衛の騎士達まで美形じゃない‼　あんなの反則よ‼

悪役令嬢と悪役王子は王様とお妃様に挨拶をすませると、ダンスをし始めた。

二人の踊りはまぁまぁね。可も無く不可も無い。

だけど、何であんなに目立つのかしら。

私とアーノルドの幸せそうな姿を見て必死に平気な振りをしていた筈のエディアルドが、とても嬉しそうな表情でクラリスに笑いかけている。

ナニソレ……？

どこからどう見ても幸せそう。ということは、さっきは平気な振りをしていたんじゃなくて、本当に平気だったってこと⁉

何で、何で、何で⁉

クラリスもエディアルドも、私達を見て嫉妬する筈なのに。

私達のことなんて全くお構いなし。なに勝手に幸せになってんのよ！　あんた達は、私達の敵になって、最終的には死んでもらわなきゃいけないのに。

そこで勝手にハッピーエンドになってんじゃないわよ！

それもこれも、クラリス＝シャーレット‼　悪役令嬢のくせにあんたが悪役らしく振る舞わないからよ‼

だからエディアルドもおかしくなるんじゃない！

私は思わずクラリスの方を睨み付けると、凍《こお》り付くようなエディアルドの視線がこっちに返ってきた。

な、何であんたの方が、そんな目で私のことを見るのよ！

私をそんな目で見る男、あんたぐらいしかいないわよ‼

え、エディアルドの奴、悔しいけど顔だけは良いのよね。主人公と戦う重要な悪役だけに……何よ、あなたは私に一目惚《ひとめぼ》れする筈だったのに。

いいわよ、どうせ後から敵になるんだから、エディアルドにどう思われてもかまわないわ。

不機嫌だった私の気持ちが一転して機嫌《きげん》が良くなったのは、ナタリーが母親と共に会場にやってきた時だった。

「何故……何故、お姉様がここにいるの⁉　それにミミリア＝ボルドール、あんた如きが王室の舞踏会に呼ばれるなんて有り得ないでしょ⁉」

そうだったわ。

本物の悪役令嬢は、ナタリー、あなただったわね。

私ったら大きな勘違いをしていたわ。筋書き通りに動かないクラリスは悪役令嬢を降板したってことね。

それにしても見て、悔しそうなあの顔、ウケる、小説の通りだわ。

ナタリーはひたすら私やクラリスのことをディスっていたわ。クラリスとセットなのは引っかかるけどね。

ホントに良い感じの悪役ぶりだわ。やっぱりナタリーこそ本物の悪役令嬢だったのね。

アーノルドがその時私の肩を抱き寄せた。

きゃっっ！　いよいよあの台詞ね。

「僕は真実の愛を見つけたんだ。ミミリア＝ボルドール。彼女こそが女神ジュリに選ばれた聖女であり、僕が伴侶と定めた女性でもある」

キタ――――ッッ‼

小説の中でも一番の見せ場のシーンよ。彼は私を生涯の伴侶にすることをこの場で宣言するの。

ああ、幸せ。

私、今、最高のヒロインになっている‼

何かナタリーの母親がクラリスに向かって怒鳴っているみたいだけど、私にはどうでもいいわ。シャーレット家のお家騒動《そうどう》なんか知ったことじゃないもの。

聖女である私のことをボロクソ言ったことで、周りから白い目で見られた悪役親子は、逃げるようにして去っていったわ。

ああ、いい気味。

それから私とアーノルドは一息つく為、お茶をしながら話をしていた。

お互いのダンスを褒め合い、今日の衣装のポイント、あとさっきナタリーが怖かったこととか、話はとっても弾《はず》んでいた。

暫《しばら》くして伝令係がこっちにやってきた。

「アーノルド殿下、国王陛下がお呼びです」

「分かった。ミミリアはもう少しここで休んでいるといいよ」

「ええ、行ってらっしゃい」

アーノルドは国王様に呼ばれたので、一度この場を離れた。

どうも国王様はアーノルドにプレゼントを渡したかったみたい……リボンを付けたクマのぬいぐるみを渡されているわ。国王様ってば、アーノルドはもう子供じゃないんだから。

アーノルドはニコニコ笑って受け取っているけど、多分内心困っているわね。

ぬいぐるみは側にいるカーティスに預け、アーノルドは国王様と親子の会話をしているみたいだった。

一瞬誰かの視線を感じたので、そちらへ目をやると……え!? 何か第二のお妃様がこっちを睨んでいる？？ 私、何かしたかしら？

私が聖女だって分かっているのかしら？ あのおばさん。

もうじき私は正式な聖女として大々的に公表されることになる。でもさすがに王族は事前に聖女復活の報告を受けていた筈。アーノルドだって母親に説明していたと思うんだけど。

アーノルドのお母様はすぐに別の方向を向いたけど、なーんか感じ悪！

ま、気にしない、気にしない。

ここからは私のフリータイムね！　さ、私の推しを探さなきゃ‼

周囲を見回すと……あ、いた。プラチナブロンドの髪、オレンジ色の瞳、完璧なまでに整った顔‼

アドニス＝クロノムッッッ‼

ああああああ、改めて見ると無茶苦茶美形‼　無茶苦茶格好いいいっっっ‼

な、何でそんなに睫が長いの……想像を絶する美しさだわ。

決めたわ。アーノルドと一緒に、あの人のことも愛するわ。

小説の裏設定であるのよね。アドニスはミミリアに秘《ひ》めたる恋心を抱いている。だからずーっと独身なのよ。

でも、報《むく》われない恋なんて可哀想じゃない？　私はそんな寂しい思いをあなたにさせたりしないわ。

「初めまして、アドニス様ぁ。私はミミリア＝ボルドールといいます。今日はあなたにお会いできて、とっても嬉しいです」

「あ……はぁ……どうも」

「私、あなたと二人きりでお話がしたいのですが」

「聖女様、あなたはアーノルド殿下の恋人なのでしょう？　二人きりでお話をしていたら、周囲からあらぬ誤解をうけます」

「誤解だって殿下には言っておきまーす」

アドニス様はものすごく深い溜息をついている。

あらやだ、疲れているのね！　仕方ないわね、あなたの妹は悪役だったクラリスに取り込まれているから、心労が絶えないのね。可哀想に。

私が心底アドニスに同情した時、アーノルドの怒鳴り声が聞こえてきた。

「そんな愚か者のどこが良いんだ⁉」

私がびっくりしてそちらを見ると……何、アーノルドがクラリスに向かって何か言っているわ。

しかもじっと見詰めている……あの元悪役を。

え……何でそんなに見詰めるの？　あなたクラリスのこと嫌いじゃなかったの⁉

アーノルドはエディアルドのような馬鹿の何処《どこ》が良いんだって喚《わめ》いているけど傍目《はため》から見ると、アーノルドの方が馬鹿っぽい。

というか、私というものがありながら別の女にも執着《しゅうちゃく》してるって、一体どういうこと⁉

あなたさっき私のこと、真実の愛って言っていたじゃない⁉　何、普通に浮気しようとしているわけ⁉

しかも相手があのクラリスって、有り得ない。小説ではとことん嫌っていたくせに。

何でそんな熱い目であの女のことを見詰めているの？

私のことはそんな風に見詰めてなかったじゃない。

まさか、浮気じゃなくて本気ってこと……⁉　冗談じゃ無いわよっっっ‼

本当に邪魔な女ね、クラリス＝シャーレット。

悪役令嬢を降板したあなたに、もう用はないわ。

私のハッピーエンドの為には、何としてもクラリス＝シャーレットを舞台《ぶたい》から退場させないと‼

第二章　国王謁見《えっけん》

◇◆エディアルド視点◆◇

舞踏会《ぶとうかい》の翌日、俺《おれ》は王城内の庭で朝からカーティスと共に剣《けん》の稽古《けいこ》をしていた。

密《ひそ》かにアーノルドに忠誠を誓《ちか》っている彼《かれ》としては、本当は俺と剣の稽古なんかしたくはないのだろうが、名目上は俺の側近だ。稽古を断りたくても断れる立場じゃない。

学園に入る前までは、カーティスとはほぼ互角《ごかく》の剣技だったが。

「ぐあっ⁉」

俺はカーティスの腹に蹴《け》りを入れた。

カーティスは目を見開きその場に頽《くずお》れる。そして腹をさすりながら、キッとこちらを睨《にら》みつける。

「剣技の試合で蹴りを出すのは反則です‼」

「誰《だれ》が試合だって言った？　俺は実戦の為《ため》の訓練をするって言ったぞ？」

「こ、この平和な世の中に、実戦の訓練など不要です‼」

「この平和がいつまでも続くと思うな。まぁ、いい。足が使えなくなった時の訓練も必要だからな。今度は腕《うで》だけを使うことにしよう」

言葉通り今度は蹴りなしで、剣を交える。

こいつの戦い方の癖《くせ》はもう分かっている。相手の懐《ふところ》に入ると必ず、剣を突《つ》き出してくるのだ。

俺は胸を反らしその刃《は》を避《よ》けると、自分が持っている剣の柄《つか》でカーティスの手の甲《こう》を叩《たた》きつけた。

痛みに思わず持っていた剣を離《はな》すカーティス。

「馬鹿《ばか》な……ちょっと前まで、互角か、それ以下だったのに」

それ以下というのは余計だ。こいつの辞書に不敬という言葉は載《の》っていないのか？

その時、アーノルドが護衛達、四守護士を連れてこちらにやってきた。

大剣騎士《きし》のガイヴ＝ハリクソン。

魔術《まじゅつ》騎士のイヴァン＝スティーク。

槍術《そうじゅつ》騎士のエルダ＝ミュラー。

戦斧《せんぷ》騎士のゲルド＝モース。

小説の主要メンバーが揃《そろ》ったな。

さすがに存在感が抜群《ばつぐん》だ。金髪をオールバックにしているガイヴは、目つきがトカゲに似ているが端整《たんせい》な顔だし、イヴァンは髪の色と瞳《ひとみ》の色が黒に近いグレーだからか、日本人の顔に近い。一重の切れ長の目が印象的な美形だ。

エルダは一見美女のようだが、りっぱな男子。長い栗色《くりいろ》の髪を三つ編みにして一つにまとめている。ダークグリーンの目と髪の毛のゲルドは壁《かべ》のように巨漢《きょかん》な男で、小説では弁慶《べんけい》の立ち往生のごとく主人公アーノルドを守った人物でもある。

「兄上も以前よりは少しは腕を上げたみたいだね。実戦を兼《か》ねた訓練ならば、彼らを相手にしたらどう？」

アーノルド、露骨《ろこつ》に対抗《たいこう》意識を露《あら》わにしてきたな。

でも、それは俺を対等な存在と見なしているとも言える。

お友達《ともだち》であるカーティスが一方的に倒《たお》されたのが気に入らないのもあるだろうが。

俺に手の甲を叩かれ、痛みに蹲《うずくま》っていたカーティスは、「ざまをみろ」と言わんばかりに嬉々《きき》としてこっちを見ている。

そういや小説でも似たようなシーンがあったか。不意打ちを食らわせ、カーティスをボコボコにしていた悪役王子エディアルド。そこにアーノルドが現れ、そんな異母兄を咎《とが》めるのだ。

それに対しエディアルドは「実戦に向けた訓練だ」と言って不意打ちを正当化した。そこでアーノルドは、実戦に向けた訓練なら四守護士を一人で相手にしてみろ、と兄を脅《おど》す。

四対一の実戦もあり得るだろう？　とさらにアーノルドに言われ、エディアルドは悔《くや》しそうにその場から退散する……そんな感じのシーンだった。

しかし現実の俺は、カーティスをボコボコにしていないし、不意打ちなんかしていない。あ、でも何の前触《まえぶ》れもなく蹴りを入れたから、不意打ちになるのか。

あーあ、物語の通りになってしまったよ。

アーノルドは冷ややかな声で言った。

「実戦なら四人を相手にすることだってあるだろう？」

おお、小説通りの台詞だ……って感心している場合じゃない。

記憶《きおく》が蘇《よみがえ》る以前のエディアルドだったら、こっちを睨みつける四守護士に驚《おどろ》いて逃《に》げてしまっていたかもな。

だが、今の俺は違《ちが》う。アーノルドの申し出は願ってもないことだからな。

「ああ、かまわないよ。試合じゃなくて、実戦の訓練だよな？」

「も、もちろん。どんな攻撃《こうげき》でもかまわないよ」

まさか四対一の勝負をあっさり受けるとは思わなかったらしく、アーノルドは驚きに目を瞠《みは》りながらも頷《うなず》いていた。

俺は後ろに控《ひか》える四人の騎士達《たち》を見回す。

ニヤニヤとこっちを見て笑うのはガイヴとゲルドだ。対照的にこちらをじっと見据《みす》えているのはイヴァン。エルダは……自分のネイルばっか気にしているな。実力はあるけど、お洒落《しゃれ》が第一なんだよな、このキャラクターは。

「じゃあ、さっそく始めますかね」

先だって俺と向かい合い剣を構えるのはガイヴ。

こっちの様子をじっと窺《うかが》い片手剣を構えるのはイヴァン。うん、彼はいい。油断していない姿勢は好感が持てる。

エルダは後方で、少し欠伸《あくび》をしてから槍《やり》を構える。戦うのが面倒《めんどう》だという態度がありありと出ている。

ゲルドは笑いながらこっちを見ていたが、不意にガイヴと目を合わせたかと思うと互《たが》いに頷いて、同時に俺に向かって突進《とっしん》してきた。

小説でもこの二人は敵に対して連係《れんけい》技を使っていたな。どんな技を使うのか見てみたい気もするが、四人を相手にするとなるとそんなに悠長《ゆうちょう》なことは言っていられない。

俺は剣を構えずに左手を差し出す。

「馬鹿‼　闇雲《やみくも》に突っ込《こ》むな」

「四対一だぜ？　慎重《しんちょう》になる必要ねーだろ⁉」

ガイヴはイヴァンの警告を嘲笑《あざわら》って、ゲルドと共に剣と斧《おの》を振《ふ》り上げ、同時に襲《おそ》い掛《か》かってきた。

「キャプト＝ネット‼」

呪文《じゅもん》を唱えると地面に蜘蛛《くも》の巣が張り巡《めぐ》らされ、飛びかかってきた二人を捕《と》らえた。

イヴァンは俺が魔術を使うことを読んでいたのだろう。呪文を唱えた瞬間《しゅんかん》、飛び上がり、後方にいたエルダもそれに倣《なら》うようにジャンプした。

蜘蛛の巣に足を取られ動けなくなったガイヴは俺に怒鳴《どな》りつける。

「くそっっ‼　魔術を使うなんて聞いてない。卑怯《ひきょう》だぞ」

「だからさっきから実戦にちなんだ訓練だって言っているだろ？　何処《どこ》の世界に、これから魔術を使いますって教える敵がいるんだ？」

「…………っっ‼」

俺の言葉に何も言い返せなくなるガイヴ。

すると俺の言葉に同意する人間がいた。魔術騎士のイヴァンだ。

「その通りだぞ、ガイヴ。大体四対一という状況《じょうきょう》が卑怯という自覚をお前は持て！　こちらが卑怯なのだから、向こうがどんな攻撃をしてきても文句は言えないだろう」

「うるせぇな‼　説教野郎《やろう》。お前は俺達の味方だろ」

「味方だからお前の誤った考えを正そうとしているんだ‼」

そういや、小説でも仲悪かったよなぁ。この二人。

軽薄《けいはく》なガイヴと真面目一徹《まじめいってつ》のイヴァンは対照的なキャラで、彼らの喧嘩《けんか》シーンがお約束になっていたんだよな。

そんなことを思いつつも、今度はエルダが槍を突いてきたので、俺はそれを振り払《はら》いつつ、防御《ぼうぎょ》の呪文を唱える。イヴァンが炎《ほのお》の魔術を唱えていたからだ。

防御の呪文を唱え炎を防御した後、俺は続けて別の呪文を唱える。

「フル＝スリーピュア！」

「しまった……！」

二人一度に相手にするのはきついからな。相手が槍を突く為視線を集中させているところを狙《ねら》い、すかさず誘眠《ゆうみん》の呪文を唱えた。

案の定、俺とばっちり目が合ったエルダは、もろに誘眠の魔術にはまり、ふらふらと倒れ眠《ねむ》りにつくことになった。

残り一人になったイヴァンは四守護士の中でも最強の実力を持つ騎士。しかも魔術を使うから油断出来ない。

「アイス＝アロー‼」

イヴァンが唱えた瞬間、無数の氷の刃が俺に降りかかる。

防御魔術の壁は、攻撃を受ける度《たび》に効力が弱まるので、その都度呪文を唱えないといけない。

もう一度防御の呪文を唱え、氷の攻撃を防いだ瞬間、剣の気配を感じて頭上に剣を構えた。

剣と剣がぶつかり合う。

速い。

スピードだけだったら、ウィストと張り合えるんじゃないのか。

さらに連続で打ち付けてくるイヴァンの剣を俺は悉《ことごと》く受け止める。向こうはそんな俺が信じられないのか、驚きに目を瞠っている。

「いつの間にこれ程の実力を……」

「喋《しゃべ》る暇《ひま》はないぞ。ウェイブ＝ショック」

右手で剣を受けながら左手をイヴァンに向け、人間を弾《はじ》き飛ばす衝撃波《しょうげきは》の呪文を唱える。イヴァンの身体《からだ》は吹《ふ》っ飛び、木に叩きつけられた。

イヴァンはよろめきながらすぐに立とうとするが、その前に俺は彼の喉元《のどもと》に剣を突きつけた。

彼はがくりと項垂《うなだ》れ「参りました」と敗北を認める。

「……四守護士がこれじゃ先が思いやられるな」

嘆息《たんそく》する俺を、イヴァンが意外そうな目で見ている。まさか自分達の先行きを心配する言葉を漏《も》らすとは思っていなかったのだろう。

まぁ、記憶を思い出す前のエディアルドだったら、単純にいい気になって、四守護士を見下していたかもな。

今はそんな目先の勝利に酔《よ》っている暇はない。こいつらにはもっと強くなってもらわないと困る。もし小説通りの未来が待っているとしたら、ハーディン王国は魔族の皇子ディノが率いる魔物の軍勢《せ》に攻め込まれることになるのだ。

魔物は人間より遥《はるか》かに手強《てごわ》い。

人間よりも身体が大きな魔物もいれば、力が強い魔物もいる。空を飛ぶ魔物を相手にしなくてはいけないこともある。

あらゆる事態を想定した戦いの経験が必要とされているのに、こいつらときたら簡単な罠《わな》にかかるし、魔術も中途半端《ちゅうとはんぱ》だし、剣術も打ち込む力が弱いし、剣技もウィストよりだいぶ劣《おと》る。

いや……他の騎士達に比べれば、群を抜《ぬ》いて強いことは分かっている。こいつらは圧倒的《あっとう》に経験値が足りないのだ。俺は毎朝、ウィストと共に様々な種類の魔物を相手に戦ってきたし、ロバート将軍をはじめ、実戦に慣れた騎士達とも手合わせをした。

四守護士達は、実行部隊の魔物討伐《とうばつ》以外、魔物との実戦経験はない筈《はず》だ。しかも実行部隊の仕事も、アーノルドの護衛が優先になっていて、後回しになってしまっている。

人間同士で戦うのであれば、今の実力で問題ないが、相手はあの魔物達なのだ。

しかもその魔物を操《あやつ》る魔族の皇子ディノはさらに強い。

魔物の軍勢が襲来《しゅうらい》することを考えたら、マジで頭が痛い。強い騎士がいてくれないと、その分俺に負担がかかるだろうが。

そして四守護士以上に強くなってもらわないといけないのは、勇者となる主人公様だ。

一度、アーノルドの実力を見極《みきわ》めなければならない。

俺はふっと冷ややかな笑《え》みを浮《う》かべ、主人公様を煽《あお》ってみることにした。

「以前から俺と手合わせをしたいと言っていたよな？　こいつらじゃ準備運動にもならないから相手になってくれないか？」

うん、我ながら悪役っぽい発言。

蜘蛛の巣にかかったままのガイヴが、もの凄《すご》く殺気立った目で俺を睨んでいる。

柔和《にゅうわ》なアーノルドの顔が、見たこともないくらいに険しくなった。

仲間を貶《けな》されて怒《いか》りを覚えているのだろう。まぁ、言い方が悪いのは認めるが、俺は本当のことを言っただけだ。ハッキリ言って準備運動にもならなかった。

「僕《ぼく》との勝負は魔術使用を禁じてください。魔力が底を突いた時の実戦も必要でしょう」

「ああ、かまわない。実戦ならそういう状況もあり得るからな」

まぁ、魔術を禁止するのは正解かもしれないな。

アーノルドも上級魔術師《まじゅつし》の実力はある。俺も資格こそはないが上級魔術師クラスの魔術は心得ている。

戦いに夢中になりお互いが本気になって魔術をぶつけ合ったら大惨事《だいさんじ》になりかねない。

アーノルドも俺も片手剣を愛用している。

剣の長さもほぼ同じ。アーノルドも剣技の鍛錬《たんれん》は怠《おこた》っていないようで、よく使い込まれた剣を使用している。

俺とアーノルドは同時に剣を構えた。

どこからかかってくるのか予想がつかないウィストと違い、まっすぐ俺に向かってくる気配しかしない。

正面から切り掛かってくるアーノルドの剣を俺は受け止めた。

キィイイィン……‼

く……さすがにイヴァンと比べると剣が重い。

優《やさ》しそうな顔に似合わずかなりの腕力《わんりょく》があるな。しかも次の攻撃の切り替《か》えも速い。

一見、軽《かろ》やかに剣を振るってはいるが、いざ剣と剣がぶつかり合うとこちらにかなりの負荷《ふか》がかかってくる。

剣自体にも重みがあるし、それを振るうアーノルドの力も尋常《じんじょう》では無いのだ。この実力であれば、ロバート将軍のように一人でドラゴン族の魔物を倒すことも可能だろう。

「アーノルド殿下《でんか》の剣を弾いただと!?」

ガイヴが驚きの声を上げる。

俺に斬《き》りかかる前に罠にかかってくれたから、ガイヴの実力がどの程度かは不明だが、少なくともアーノルドの剣を受け止められるほどの力はないのだろう。

それは無理もないことで、アーノルドはあくまで主人公。女神《めがみ》に選ばれた勇者であり、普通《ふつう》の人間以上の力を持っているのだ。

さしずめ俺の場合は悪役パワーだな。主人公と張り合う為に生まれてきた存在だから、アーノルドの剣を受け止められるだけの力はある。

そう考えると以前アーノルドと互角に戦ったウィストはとんでもない努力家だよな。

キィイイインッッ！

再び剣と剣がぶつかり合った時、火花が散った。

ぞくっと寒気を覚えるのは多分武者震《むしゃぶる》いって奴《やつ》だろう。

まるでお手本のような美しい剣筋、身体を反転させ斬りかかる姿も、正面から斬りかかる姿も絵になる主人公様だ。

俺の姿も傍《はた》から見たら絵になっているのだろうか？

「兄上、何を考えているのです⁉」

「どうでもいいことだ。お前こそ戦っている時に喋りかけるな」

「い、以前の兄上はそんな説教じみた反論はしなかったのに」

「だから喋りかけるな」

軽口を叩き合いながら剣を交える俺達、今、兄弟みたいじゃないか？

俺はな、ちょっと嬉《うれ》しいんだけどな。お前と兄弟らしい喧嘩ができて……でも、多分、お前はそんな風には思っていないのだろうな。

アーノルドの攻撃を悉く受け流す俺に、イヴァンの呟《つぶや》きが聞こえてきた。

「あのアーノルド殿下の連続攻撃を全《すべ》て受け止めるとは……」

「誰だよ、エディアルド殿下が弱いとか言っていた奴は」

それまで俺のことを馬鹿にしていた目で見ていたゲルドまで、愕然《がくぜん》とした表情を浮かべ、こちらの戦い振《ぶ》りに見入っているようだった。

俺が剣を振り下ろすと、アーノルドは後ろへ高くジャンプしてそれを躱《かわ》す。片膝《かたひざ》と片手を地面につき着地する姿まで格好《かっこう》いいって、どういうことだよ？　着地した姿勢から剣を振り上げる姿すら優雅《ゆうが》に見える。

本当にこいつは勇者だ。

やっぱり強いし、戦い甲斐《がい》がある。もっと前からこうしてお前と戦いたかった。

そうすれば切磋琢磨《せっさたくま》できて、互いを高められたのに。

だけど――――。

俺は渾身《こんしん》の力を込め、アーノルドの剣に己《おのれ》の剣をぶつけた。

その瞬間、アーノルドは俺の剣の重みに耐《た》えられず、思わず剣を手放した。

アーノルドの剣は回転し、地面に突き刺さる。

剣をとりにアーノルドが動く前に、その首《じ》に剣を突きつけた。

魔術も使わなかったし、不意打ちもしなかった。

その上で俺はアーノルドに勝ったのだ……だけど、俺の中では勝った喜び以上に、不安の方が上回っていた。

主人公が悪役に負けてどうする⁉

このままの状態でもし魔物の軍勢が攻めてきたりしたら、ハーディン王国はあっという間に滅亡《めつぼう》してしまう。

ウィストがわざと負けてやった時点で薄々《うすうす》気づいてはいたが、アーノルドは主人公というにはあまりにも力不足だ。

「……まだまだ温《ぬる》い。お前も四守護士ももっと精進しろ」

俺は盛大《せいだい》な溜息《ためいき》をついて言った。

その言葉が気に入らなかったのか、アーノルドは悔しげに俺を睨みつけていた。

アーノルドや四守護士にとっては、普通に勝ち誇《ほこ》ってドヤ顔された方がはるかにマシだったかもしれないな。

今まで馬鹿にしていた人間に、説教なんかされたくない気持ちなのだろう。

その悔しさをバネに、もっと鍛錬に打ち込んでほしいところだ。

俺の言葉が響《ひび》いたのは……多分真摯《しんし》な日でこっちを見ているイヴァンだけだな。エルダはまだ寝《ね》ているし、他のメンバーは恨《うら》めしそうに俺のことを睨んでいるだけ。

「アーノルド殿下が……エディアルド殿下に負けた？」

カーティスは茫然《ぼうぜん》としたまま、がくりと膝をついた。ショックのあまり、俺の側近という立場をすっかり忘れてしまっているな、こいつ。

俺は剣を鞘《さや》に納め、茫然としたままのカーティスを置いて自分の部屋に戻《もど》ることにした。

本当にこれでは先が思いやられる。

こんな状態で魔物の軍勢に勝てるのか？

下手したら小説よりも死人が出るのではないだろうか。

勇者と聖女の力は発動するかどうかも怪《あや》しいものだし、小説では俺とクラリスが魔族の皇子ディノに取り込まれて『闇黒《あんこく》の勇者』『黒炎の魔女』になったが、これもどうなるか現時点では不明だ。

もちろん俺はそんなものにはなるつもりはないし、クラリスだってそうならないと確信している。

それでも不確定要素であることは間違いない。

今できるのは、人間の力を底上げすることだけか。

アドニスやロバートと相談して、軍全体を今一度たたき直す必要があるみたいだな。

◇◆◇

ハーディン王国では、王族、そして選ばれた貴族達が月に一度国王に謁見できる場がある。国王に進言したいこと、願い事がある者はこの国王謁見の行事に参加する。

アーノルドはこの行事に積極的に参加していて、前回は何をとち狂《くる》ったのか軍事費削減《さくげん》を国王陛下に進言していたらしい。

今は平和な世の中だから、軍に力を入れる必要はないという理由らしいが、冗談《じょうだん》ではない。

この先、魔族が攻めてくるかもしれないというのに。

前世の記憶が蘇ってから、俺は国王謁見の行事に参加していなかった。情勢を見極めるまで極力目立つ行動はしたくなかったからだ。

しかし、今回は急いで叶《かな》えてもらいたい頼《たの》みがあるので、参加することにした。

アーノルドの謁見が終わったら俺の番だ。何故《なぜ》弟の方が先なのかは、この際気にしない。

謁見の場には国の中枢《ちゅうすう》を担《にな》う人間も揃っているので、デイジーの父親である鋼鉄の宰相《さいしょう》、オリバー＝クロノムがいるのも都合が良い。

俺はカーティスと共に謁見の間へと向かう。

時間通りに来たのだけど、随分《ずいぶん》と話が長引いているようだ。秘書官が扉《とびら》の前に立ち、「今しばらくお待ちください」と頭を下げる。

俺は軽く息をついて、アーノルドが謁見の間から出てくるのを待っていた。

程なくして、扉越《ご》しに苛立《いらだ》たしげな足音が聞こえたので、秘書官は慌《あわ》てて扉の前から退いた。

バンッッッ‼

乱暴に扉を開ける音が響き渡《わた》る。

何だ、何だ？　今、扉を蹴って開けたよな？　いくら機嫌《きげん》が悪いとはいえ、行儀《ぎょうぎ》が悪いな。

そんなアーノルドの態度に、俺は苦々しく注意した。

「アーノルド、陛下の御前《ごぜん》だぞ。そんな乱暴に扉を開けるものじゃない」

「黙《だま》れ‼　誰がそうさせていると思っているんだ⁉」

この様子じゃ、アーノルドの願いは聞き届けられなかったのだろうな。俺の所為《せい》ってことは、俺がらみのこと──あ、例の稽古のことを訴《うった》えたのかな？　兄上に苛《いじ》められた、とか？　いや、まさかな。幼稚園児《ようちえんじ》じゃあるまいし。

大股《おおまた》で歩き去るアーノルドを取り巻きの貴族達が追いかける。カーティスも複雑な目でその後ろ姿を見送っている。

秘書官に促《うなが》されたので、俺は帯剣している剣を近衛兵《このえ》に預けた。国王の前では武器の所持はできないからな。

そしてカーティスと共に謁見の間へ入る。

玉座に座《すわ》るのは国王陛下と第二側妃《そくひ》であるテレス。

病床《びょうしょう》の王妃に代わって公務を担っているとはいえ、王妃の席に座って良いわけではないのだが、それを指摘《してき》する者も咎める者もいない。

(早くも王妃面《づら》か……)

もし記憶が蘇る前のエディアルドだったら、その場で憤慨《ふんがい》していただろうな。

テレスがこちらの心を煽るかのように勝ち誇ったような笑みを浮かべる。俺がその場で激怒《げきど》し、悪態をつくのを待っているのだろう。

確か小説の中ではエディアルドがテレスに向かって怒鳴り散らしたんだよな。

『そこは愛人風情《ふぜい》が座る席ではない！　母上に代わって王妃に成り代わるつもりか⁉　この悪女が‼』

『そのようなつもりは……ううう……申し訳ございません』

テレスはその時さめざめと泣いて周囲の同情を買った。第二側妃の涙《なみだ》を見た国王陛下はエディアルドを叱責《しっせき》。しばらく顔も見たくないという理由で、月に一度の国王謁見も禁じられてしまう。

もちろん小説のように、国王陛下への挨拶《あいさつ》もなしにテレスを怒鳴りつけるなどするわけがない。視線でマウントもかけられたが、どんなにムカつく相手に対しても冷静沈着《ちんちゃく》に対応しなければならない時がある。前世じゃそんなの日常茶飯事《にちじょうさはんじ》だった。

目が合ったにも拘《かかわ》らず、何も言わずに前に進み出る俺に対し、テレスは一瞬だけ眉間《みけん》に皺《しわ》を寄せた。恐《おそ》らく心の中では舌打ちもしているだろう。

俺は玉座から適度な距離《きょり》の場所で立ち止まり、臣下の礼をとる。

「ハーディン王国栄華《えいが》の象徴《しょうちょう》であらせられる国王陛下にご挨拶申し上げます」

俺のその立ち居振る舞《ま》いだけで、周囲の者達はざわめく。

何故そんなに驚くのだろう？　と首を傾《かし》げた瞬間、急に前回や前々回の国王謁見の時の記憶が蘇る。

そういえば今までは、「父上～‼」と言って玉座まで駆《か》け寄り、父の膝に縋《すが》っていた――うわ、我ながら痛い！　おいおい、日本だったら高校生だぞ？　そんな年にもなって俺は父親に駄々《だだ》っ子みたいに泣きついていたのか。

……思い出すんじゃなかった。あまりにも恥《は》ずかしすぎるっ‼

そりゃ臣下達もざわめくよな。普通に挨拶をすることすら、初めてだったのだから。

しかし国王陛下は普通に挨拶をする俺を見て、一抹《いちまつ》の寂《さび》しさを感じたらしい。

「ずいぶんと他人行儀だな、エディアルド」

「陛下、この場は公《おおやけ》の場でございます。今、自分は陛下の臣下として馳《は》せ参じております故《ゆえ》」

「……!?」

国王陛下はまるで雷《かみなり》にでも打たれたかのように固まった。

よっぽど衝撃《しょうげき》だったんだろうな。エディアルドの今までの態度のことを思うと、当然といえば当然か。

「う、うむ……実は尋《たず》ねたいことがある。そなたがアーノルドを虐《しいた》げたというのは誠か？」

「……アーノルドがそう申したのでしょうか？」

「い、いや、アーノルドはそうは言っていなかったが」

ちらっと国王陛下はテレスの方を見る。

ああ、アーノルドから事の次第《しだい》を聞いていた、そこのおばさんが大袈裟《おおげさ》に国王陛下に報告したわけね。

するとテレスが横柄《おうへい》な口調で俺に問いかける。

「しかも四守護士達にも怪我《けが》を負わせたというじゃないの」

「あ、はい。何分、四人がかりなものですから、こちらも加減をする余裕《よゆう》はありませんでした」

「よ、四人がかりだと!?　そ、そのような話は聞いておらぬぞ」

驚きの声を上げる国王陛下に、俺は密かに溜息をつきたくなる。

四対一だったことは父上に報告しなかったのね。都合の悪いところは省いて報告したのは、テレスの入れ知恵《ぢえ》だろうな。普段《ふだん》のアーノルドだったら馬鹿《ばか》正直《しょうじき》に全部話してしまうだろうから。

「よ、四対一なんて、そのような出鱈目《でたらめ》……いくら殿下でも容認しかねます！」

声を上げたのはアーノルドの支持者だ。見てもいないのに出鱈目と決めつけるとは。

俺は溜息交じりに答えた。

「仮に一対一だったとしても、試合ではなく実戦を想定した訓練だから、何の文句も言われる筋合いはない」

「じ、実戦など……この平和な世の中にそんなものは不要です‼」

「この平和な世の中……ね。平和な世の中だからといって犯罪がないとでも？　その犯罪者から王族、貴族を守るのは誰だと思っているんだ？」

「た、確かにそれは騎士団の役割ではありますが、戦争じゃあるまいし、たかが強盗《ごうとう》や山賊《さんぞく》を相手に実戦訓練など」

「強盗や山賊はルールに則《のっと》った剣の試合をしてくれるのか？」

「――」

俺の言葉にアーノルド支持者の貴族は返す言葉がなくなった。

馬鹿王子の分際で生意気な……と言わんばかりに唇《くちびる》を噛《か》んでいる。

一方、軍事に携《たずさ》わる貴族達は控えめではあるが、愉快《ゆかい》そうに笑っていた。

実戦は不要とか抜かしている、平和ボケした貴族の戯言《たわごと》が可笑《おか》しくてたまらないのだろう。

鋭《するど》い眼光で睨み付けるテレスやアーノルドの支持者達に、俺は密かに溜息をつく。今は王太子の座を争っている場合じゃないのにな。

「本当に情けない。陛下、若手騎士の実力者と誉《ほま》れ高い四守護士達が、俺一人、倒すことができないのですよ？　彼らにはもっと強くなってもらわなければなりません」

「しかし四守護士も手加減をしたのでは？」

俺一人で四守護士を倒したのが信じられないのか、そう問いかける国王陛下に、俺は大仰《おおぎょう》に溜息をついて答えた。

「手加減する以前に、四守護士の内二人は、俺にたどり着く前に捕縛《ほばく》魔術に引っかかっていました」

俺の言葉に険しい顔を浮かべたのは国王陛下ではなく、この国の将軍であり、軍務大臣でもある男だった。

ロバートは「あの馬鹿者《ばかもの》どもが……」と、その場にはいない四守護士の不甲斐《ふがい》なさに怒りを覚えているようだった。

「陛下、自分はこの国の軍事強化を進言したいと思います。四守護士だけではなく、騎士や兵士、軍全体が弱体化しています。何卒《なにとぞ》、ご考慮《こうりょ》を」

俺の言葉に、謁見の間は水を打ったかのように静まりかえった。

ひそひそ話一つ聞こえない。

皆《みな》、引いたかな……そりゃそうだ、つい最近まで馬鹿王子だった奴が、いきなり軍事に首を突っ込むような発言をしているのだから。

しかし、そんな俺の言葉に賛辞の拍手《はくしゅ》を送る者がいた。

ロバート将軍だ。

まるで子供の成長を喜ぶ親のように、目を潤《うる》ませてこっちを見詰《みつ》めている。

すごく俺のことを気に掛けてくれていたことは知っていたけれど……少し熱苦しいかな？　有り難《がた》いんだけどな。

小説におけるロバート将軍は、ダークドラゴンと戦い、命を落とした人物だ。愚《おろ》かしいエディアルドのことを最後まで心配していた人物でもあった。

小説と同じぐらい今のロバート将軍も、俺のことを気に掛けてくれていて、時間が空いている時には剣術の相手や、魔物討伐のサポートをしてくれる時もある。

だからこそ俺が王族の一員らしい発言、しかも自分が望んでいたことを代弁してくれたから、泣く程嬉しかったのだろう。特に、アーノルドは前回の謁見で、平和な世に軍強化は不要、と言って軍事費削減を父上に訴えていたらしいから余計だよな。

ロバートは声を弾《はず》ませて俺に言った。

「よくぞ仰《おお》せになりました。私も近頃《ちかごろ》、騎士達の惰弱《だじゃく》ぶりを嘆《なげ》かわしく思っておりました」

すると軍事を担う貴族達もそれに同意するよう拍手を送る。俺の言葉に乗じて国王陛下に進言する者も現れる。

「陛下、この際ですから軍事費用を上げることを検討してくださいませ」

「エディアルド殿下の言うとおりですぞ！　最近の騎士達は以前にも増して惰弱になっております」

軍関係者達が俺の援護《えんご》に回ったので、テレス側の貴族達は何一つ反論できなくなった。彼らはちらちらと玉座に座るテレスの顔色を窺う。

そのテレスはもちろん面白《おもしろ》くなさそうに表情を歪《ゆが》めていた。だが国王が「具合でも悪いのか？」

と尋ねると、彼女《かのじょ》は平静を装い微笑《びしょう》を浮かべた。

「それから宮廷《きゅうてい》魔術師の強化、有能な宮廷薬師《くすし》の確保にも力を注いでいただきたい」

俺がさらに進言すると、謁見の間の隅《すみ》で控えていた宮廷魔術士長と宮廷薬師長の老人二人が盛大な拍手を送っている。

二人ともよくぞ言ってくださった、と言わんばかりだ。

さすがにこの意見に表だって反対する貴族はいない。反対した瞬間、軍関係者、魔術師や薬師を全員敵に回すことになるからな。

国王陛下は戸惑《とまど》いながらも、かろうじて威厳《いげん》を保った口調で答える。

「むう……前向きに検討することにしよう」

「検討だけで終わらせないでほしいものですね。いくら大きな戦《いくさ》はなくても、領土を巡った小競《こぜ》り合いはありますし、我が軍が脆弱《ぜいじゃく》だと分かれば隣国《りんごく》である帝国《ていこく》が動く可能性も否定できませんから。特に隣国のユスティ帝国の第一皇子は血気盛んな性格だと聞き及《およ》んでおります」

ユスティ帝国の第一王子、ヴェラッドは聖女ミミリアに求愛し、自国へ連れて帰ろうとする。まぁ本編が終わった外伝に登場する人物だけど、彼は聖女の力を利用し、ハーディン王国を属国にしようとするんだよな。

魔族の襲来がなかったとしても、軍事帝国が隣接した状態のハーディン王国は決して弱みをみせてはならないのだ。

「ユスティ帝国のことまで把握《はあく》しているとは……」

思わず唸《うな》る父上に、俺は何とも言えない表情を浮かべる。

まぁ、半分は小説の知識だ。現実の隣国の第一皇子、ヴェラッドは、小説と違って大人しくて良い奴なのかもしれんが、用心するにこしたことはないだろう。

「何故……あなたがあの国のことを」

テレスは震えた声で俺に問いかける。俺が隣国のことまで把握しているのが余程信じられないのか？　確かに馬鹿王子がそこまで考えるのは意外だろうが、それにしても顔面を蒼白《そうはく》にするくらい驚くことか？

俺はテレスの問いにはあえて答えず、本日の目的を果たすことにした。

「四守護士のことでお尋ねになったので、その流れで軍強化の進言をさせていただきましたが、ただ、今回は個人的に国王陛下にお願いがあって参りました」

「ほ、ほう、お願いとは」

「母上と共に旅行をしたく思っています。旅行、というよりも、王城を出て静かな場所で療養《りようよう》させたいのです」

どんなお願いかと身構えていた父上は、ややほっとした表情になる。軍関係のお願いはもう止《や》めてほしいというのが本音なのだろう。

そんな気構えじゃ困るんだけど、今は体調を崩《くず》している母親の方が優先だ。

「して療養先は考えているのか？」

「はい。クロノム領にあるアマリリス諸島に行きたいと思っています。あの場所は母上が幼い頃《ころ》よく遊んでいた場所と聞いておりますから」

その時父上は、脇《わき》に控える宰相、クロノム公爵《こうしやく》の方を見た。

クロノム公爵は穏《おだ》やかな笑みを浮かべ、心得たと言わんばかりに頷く。

「こちらとしては構いませんよ。従兄妹《いとこ》として、王妃殿下の容態《ようだい》はとても心配していたところです。アマリリス諸島は空気も良いですし、静かな所ですから、療養には最適です」

「反対ですわ」

すかさず声を上げたのは、陛下の隣《となり》に座るテレス妃だ。

彼女はじろりと俺の方を睨んだ。

「あんな僻地《へきち》、ろくな治療施設《しせつ》がないではありませんか。王妃殿下は重病なのですよ？　移動にもお身体にご負担がかかります」

「あ、その点でしたらご心配なく。馬車にも船にも僕専属の魔術師と薬師がおります故。全ての移動手段に最上級の寝台《しんだい》もついているので、王妃殿下にお身体のご負担は一切《いっさい》かけさせません」

すかさず答えたのはクロノム公爵だった。

温厚《おんこう》な童顔で物腰《ものごし》も柔《やわ》らかなのに、反論を許さない圧を感じるのは気のせいか。

第二側妃もさすがに怯《ひる》むものの、それでも口を開く。

「だ、だけど」

「アマリリス島には、王城に負けぬくらいの治療施設がありますのでご心配なく」

なおも反対の声を上げようとするテレスに、クロノム公爵が台詞をかぶせてきた。完全に後手に回ってしまったテレスは何も言えなくなる。

クロノム公爵は弧《こ》を描《えが》く目をわずかに開き、やや低い声で問いかける。

「それとも、テレス妃殿下は、王妃様がここから離れると都合が悪いことでもあるのですか？」

テレスは一瞬目を見開いた。平常心の仮面を危《あや》うく落としそうになったな。ほんの僅《わず》かな目の動きだから、他の者は気づいていないかもしれない。

しかしすぐさま仮面をかぶり、落ち着き払った様子で、あたかも納得《なっとく》したかのように頷く。

「きちんとした治療施設があるのであれば言うことはありませんわ。ただし王妃様の体調が悪くなるようでしたら、すぐにでも帰城させなさい。いいですね？」

国王陛下を差し置いて、我が子でもない王子に命令を下すとは。

もう、この国は自分のものだと思っているな、あれは。

側妃の態度を咎めろよって思うけど、愛人に激甘《げきあま》な国王陛下は何も言わない。

まぁいい。とりあえず母上を王城から離すことには成功した。

「分かりました。早くて三日後には出発したいと思っておりますので、よろしくお願いします」

「み、三日後ですって⁉　そ、そんなに急《せ》かさなくても」

「何か不都合なことでも？」

「な、何って王族の旅支度《たびじたく》は時間がかかるのよ⁉」

「既《すで》に護衛の騎士の依頼《いらい》、交通の手配、母上も張り切って旅支度をはじめておりますので、明日には全ての準備が完了《かんりょう》するでしょう。デイジー公爵令嬢《れいじょう》の協力も得て、母上が宿泊《しゅくはく》する部屋の準備も整えてありますのでご心配なく」

「……っっ‼」

向こうが反論する前に、俺は全ての準備が既に調っていることを主張した。

護衛の騎士の手配は、騎士団の人事を担うアドニスがすぐに動いてくれたからな。交通の手配は、デイジー嬢から話を聞いたクロノム公爵が手配をしてくれていた。

俺はちらっとクロノム公爵の方を見る。

童顔なので、ハッキリ言って宰相には見えないが、彼は茶目っ気たっぷりに小首をかしげ、指で〇をつくるＯＫサインを送ってきた。

あのジェスチャーは前世と共通しているようだ。

後はこのオジサンに任せなさい、という声が聞こえたような気がした。

第三章　悪役達の秋休み

◇◆クラリス視点◆◇

クロノム領にあるアマリリス島は常夏の島だ。

透《す》き通った青い海、白い砂浜《すなはま》。椰子《やし》の木やハイビスカス、ブーゲンビリア、それから島の名前の通りシロスジアマリリスが至る所に咲《さ》いていた。

異世界ならではの植物もあれば、前世と共通した植物もある。元々、小説の世界なのだから、前世と共通しているものが沢山《たくさん》あるのも当然よね。

クロノム家恒例《こうれい》のアマリリス島旅行に出掛《でか》けることになったのは、私やソニアだけじゃない。

「ああ、いつ来ても素敵《すてき》な所ね！　アマリリス島は」

面子《めんつ》の中で一番無邪気《むじゃき》にはしゃいでいる女性は、この国の王妃《おうひ》様。

メリア＝ハーディン妃殿下《ひでんか》——天真爛漫《てんしんらんまん》なエディアルド様のお母様だった。

船から下りた妃殿下は、あらゆる景色に目を輝《かがや》かせ、周りをキョロキョロ見ている。

妃殿下は療養《りょうよう》の為《ため》、エディアルド様と共にアマリリス島に行くことになったのだけど、今日は調子がいいのか、とても元気そう。

移動の馬車や船にも寝台《しんだい》が用意され、薬師《くすし》や治癒《ちゆ》に優《すぐ》れた魔術師《まじゅつし》も待機していたけれど、殆《ほと》ど出番がなかった。

妃殿下は終始嬉《うれ》しそうに外の景色を眺《なが》めていたり、温かいお茶やスープを飲む度《たび》に幸せそうな表情を浮《う》かべたり、エディアルド様と楽しそうにお喋《しゃべ》りをしたりしていた。

ただ、以前会った時よりも少し痩《や》せたみたいで、体調を崩《くず》しがちなのも嘘《うそ》ではなさそうだ。

一国の王妃と王子の旅行とあって、護衛の為に精悍《せいかん》な騎士達《きしたち》も同行していた。

その中にはウィストや、コーネット先輩《せんぱい》の姿もあった。

ウィストはエディアルド様の護衛として。コーネット先輩はデイジーのお兄さん、アドニス先輩の友達《ともだち》としてここに来ていた。

ちなみに側近である筈《はず》のカーティスは、現在実家に帰っている。側近という仕事も秋休みが必要だ、とエディアルド様は言っていたけれど、単に邪魔者《じゃまもの》を里に帰したのだと思う。

それから——、

「きゅー、きゅー、きゅうう」

甘《あま》えたような声を漏《も》らすのは仔犬《こいぬ》じゃなくて、ドラゴンの子供。

学園のダンジョンで拾ってきたあの時のドラゴンの子供だ。赤く硬《かた》い皮膚《ひふ》が特徴《とくちょう》なので厳密に言うとレッドドラゴンだ。

名前はそのまんまだけど、レッド。

気性が荒《あら》く、人間には敵意を抱《いだ》くことが多い筈なんだけど。

「きゅううう、きゅーっきゅーっ‼」

私はこの子に懐《なつ》かれていて、出会うたびに私の胸に飛び込《こ》んで頬《ほお》ずりをしてくる。

コーネット先輩曰《いわ》く、こんなに人間に甘えるドラゴンも珍《めずら》しいそうだ。

以前よりも大きくなっていて、今は人間で言うと六歳児《さいじ》ぐらいの大きさかな。こうやって抱《だ》くことができるのも、あと少しらしい。

ドラゴンの成長はかなり早く、一年も経たない内に成竜《せいりゅう》になるのだとか。

レッドが飼い主であるエディアルド様以外の人間に甘えてくるのは私だけらしい。

前世の時も動物にやたらと懐かれていたけれど、今世もそうなのかな。レアな動物に懐かれるのは何だか光栄だけど。

私はレッドの頭をよしよしと撫《な》でる。

一足先に島に着いていたクロノム公爵《こうしゃく》は、港まで出迎《でむか》えてくれて、エディアルド様と王妃様の来島を歓迎《かんげい》してくれた。

クロノム公爵はエディアルド様と王妃様の前で恭《うやうや》しく跪《ひざまず》いた。

「メリア妃殿下、エディアルド殿下、ようこそアマリリス島へ」

「オリバー兄様、そんなに畏《かしこ》まらないで。昔のように気軽に話しかけてくれればいいのよ」

王妃様は気さくにクロノム公爵に声を掛《か》ける。

従兄妹《いとこ》同士とは聞いていたけれど、二人の間には兄妹のような親密さが感じられた。

従兄妹にしては全然似ていないけれど、顔が年よりも若く見えるところは共通している。

エディアルド様と王妃様も、私達と同じくクロノム家の邸宅《ていたく》に泊《と》まることになっている。

クロノム家の別邸は、王族貴族をいつでも迎《むか》え入れられるような巨大施設《きょだいしせつ》なので、問題はないみたい。

コーネット先輩は友達のアドニス先輩と楽しそうに話をしている。その様子をデイジーはちら見しては顔を赤らめていて、何だか嬉しそう。

ウィストとソニアも、私達の護衛をしながら話が弾んでいるみたいだ。

港から馬車で移動して、クロノム家の別邸に到着《とうちゃく》した私達は周囲を見回した。

王都にある本邸も宮殿みたいに凄《すご》かったけれどこの別邸も凄い。

南国情緒《じょうちょ》あふれる広大な庭園に、広々としたプール、赤瓦《あかがわら》の屋根に白い壁《かべ》の大きな邸宅は、青い空のキャンバスの中、存在感を際立《きわだ》たせていた。

他の貴族や、時には王族も招く為の建物だから、平民の金持ちが持っているような別荘《べっそう》とはレベルが違《ちが》うのだ。

「この子が寝《ね》られる場所はあるか？」

エディアルド様が頭上を飛び回るレッドを指差し、傍《そば》に居る使用人に尋《たず》ねる。

「東側に厩舎《きゅうしゃ》がございます。フライングドラゴンがいますが、皆《みな》大人しく友好的なので、子供のドラゴンも快く受け入れてくれると思いますよ」

「よかったな、レッド。友達もいるって」

エディアルド様の言葉を理解したのか、レッドは嬉しそうに鳴いてから、厩舎がある方へ飛んでいった。

建物の中に入ると、それまで蒸し暑かった外が一変して涼《すず》しくなる。

冷風を引き起こす魔石によって、エアコンをかけたように過ごしやすくなっていた。

「皆様《みなさま》、少し休憩《きゅうけい》した後、お茶や軽食をご用意しておりますので、氷の庭園にお越《こ》しください」

執事《しつじ》の言葉にエディアルド様が首を傾《かし》げる。

「この厳しい暑さでも涼しく過ごせるように、雪と氷の魔術を施《ほどこ》した特別な庭です」

「氷の庭園？」

氷の庭園かぁ、どんな所だろう？　でもその前に荷物を置かないとね。

案内された部屋は一人で使うには贅沢《ぜいたく》なくらい広く、テラスからは海が見える。

うわぁ、高級リゾートホテルの部屋だ……ここが友達の家ですよ⁉

料金払《はら》わなくてもいいのだろうか？　と思わず心配してしまうのは、前世の記憶《きおく》が残っているからだろうな。

とりあえず荷物整理からね。クロノム家の使用人があらかじめ持ってきてくれた荷物はクローゼットの横に設置された台の上に置かれていた。

その中でも一際目立つ大きな箱。大きな紅いリボンで結んである光沢《こうたく》のあるピンク色の箱の中には、一着のワンピースドレスが入っている。

箱からワンピースドレスを取り出し、私はそれに着替《きが》えた。別邸では身軽な格好《かっこう》で過ごすのが決まりなので、ドレスというよりこれはワンピース。使用人の手伝いがなくても一人で着ることができる。

わ……本当に鮮《あざ》やかな紅いドレス。私の髪《かみ》の毛の色とマッチした紅で、自分でも良く似合うと思ってしまう。

このドレスは、アマリリス島に向かう船の中で、王妃様から頂いたものだ。

私だけではなく、デイジーやソニアも王妃様から同じようなプレゼントの箱を渡《わた》されていた。

まさか王妃様から直々にプレゼントを頂くことになるなんて思いも寄らなかった私達は、お互《たが》い顔を見合わせながら戸惑《とまど》っていたのだけど、王妃様は弾《はず》んだ声で仰《おつしや》った。

「実はね、前から女の子が欲《ほ》しかったの。私が選んだドレスを娘《むすめ》に着てもらうのが夢だったから。可愛《かわい》い女の子にはついついプレゼントしたくなるの」

私達と旅行に行くという話が決まった時に、王妃様が真っ先にしたのはブティックにあるワンピースドレスを全部持って来させることだったらしい。

しかもブティックの記録から、私やデイジー、ソニアのスリーサイズを調べ、私達にぴったりなワンピースを選んだのだとか。

もっと先に準備することがあるだろ、とエディアルド様は呆《あき》れていたみたいだけどね。

でも確かにドレスを選ぶのって楽しいから、気持ちは分かるかな。

もし、王妃様に女の子の孫ができたら、溢《あふ》れんばかりのドレスを買いそう。

私とエディアルド様の娘だったら、どっちに似てもいいわよね。あ……でもエディアルド様に似た女の子、可愛いだろうな。さらさらの金色の髪の毛に、空色の目、人形みたいに整った顔をしていて、きっと何を着ても似合うに違いない。

……は⁉　わ、私は何をっっ‼　こ、子供なんて気が早すぎっっ‼

婚約《こんやく》はしているけれど、結婚が確定したわけじゃないのに。

私は部屋の中で一人、顔を真っ赤にして首をブンブン横に振《ふ》っていた。

そ、そろそろお茶会の時間かな……？

王妃様から頂いたワンピースドレスは、とっても着心地が良い。コルセットで締《し》め付けるタイプじゃないのに、スタイルもよく見える。他の一人はどんなドレスなのかな。

ちょっとわくわくしながら部屋を出ると、既《すで》に身支度《みじたく》を済ませたソニアとデイジーが外で待っていた。

あ、二人とも色違いのおそろいのドレスだ。ちょっと姉妹コーデみたいでドキドキする。

デイジーは瞳《ひとみ》と同じ色のオレンジ色のワンピースドレス、ソニアは髪の毛に合わせた水色のワンピースドレスだ。二人とも良く似合う。

王妃様が私達の姿を思い浮かべながら選んでくださったのかと思うと、嬉しい気持ちがこみ上げてきた。

「ソニア……でもドレスに帯剣《たいけん》は」

「私はあくまで護衛ですから。極力違和感《いわかん》のないよう短剣を選んでいますし」

きっぱりと言うソニア……うーん、護衛って建前なんだけどねぇ。本当は友達として側《そば》にいてほしいのだけど、そうもいかないいか。

本来なら騎士服で参加するところ、「お茶会にこれを着てきてほしい」と王妃様からドレスを頂いたのだから着ないわけにはいかない。だけどやっぱり騎士だから帯剣はしておきたいそうだ。

メイドに案内され、中庭に出ると……うわ、素敵っっ‼

昔テレビで見た氷のホテルを思い出す。

巨大なパラソルの下、氷の丸テーブルの上には、氷の皿に載《の》った果物やキューブ形の一口アイス、ゼリーなどが載っている。

ケーキやスコーンなどは硝子《がらす》の皿に載っていて、全種類食べたらお腹を壊《こわ》してしまいそう。

周囲は氷のパーテーションで覆《おお》われ、地面はうっすらと雪が広がっている。所々、動物の彫刻《ちょうこく》が置いてあるのが可愛い。

どんな魔術が施されているのか分からないけれど、炎天下《えんてんか》でも氷が解《と》ける気配はない。

お茶は冷たい紅茶と温かい紅茶が選べるようで、私は温かい紅茶を持ってきてもらうようメイドにお願いをする。猛暑《もうしょ》の筈なのに、ここはエアコンがギンギンに利《き》いているかのように涼しいから。

氷の椅子《いす》の上にはクッションが置かれ、とても座り心地《ごこち》が良かった。

遅《おく》れて現れた王妃様も氷の庭に目を輝かせていたけれど、私達のドレスを見てさらに嬉しそうに笑った。

「嬉しい……っ‼　さっそく着てくれたのね」

両手を組んで感激をしている王妃様に、私とソニアとデイジーは席から立ち上がり、淑女《しゅくじょ》の礼をとった。

「「「メリア妃殿下、この度は素晴《すば》らしいドレスを賜《たまわ》り誠にありがとうございます」」」

私達は声をそろえて王妃様にお礼を申し上げた。部屋から氷の庭園に移動する間に密《ひそ》かに三人で練習しましたよ。

妃殿下はうっとりと私達を見てから、少し涙《なみだ》ぐんだ。

「私が選んだドレスをちゃんと着てくれたのはあなた達が初めてなの」

「「「え……⁉」」」

別に示しを合わせたわけじゃないけれど、私達はリンクしたみたいに「え……？」と漏らしていた。

メリア妃はレースのハンカチで涙を拭《ぬぐ》ってから、軽く息をついた。そして寂《さび》しそうな表情を浮かべて言ったのだ。

「今までも仲の良いお友達のお嬢《じょう》さんにドレスをプレゼントしたことがあったわ。そうそう、クラリス、あなたの妹のナタリーにもドレスをプレゼントしたの。今度のお茶会に是非《ぜひ》着てみてほしいと伝えたのだけど、気に入らなかったのか社交界に着てきてくれたことはなかったわ。他のお友達のお嬢さん達も同じで」

う……ナタリー。いくらデザインが気に入らないからって、王妃様から賜ったものを無碍《むげ》にするなんて。

「ベルミーラが言うには勿体《もったい》なくて着ることができなかったって言うのだけど、私はできれば着てほしかったわ」

「「「……」」」

私達は顔を見合わせる。

ドレスはその時にしか着られないものだから、勿体ぶっていたら宝の持ち腐《ぐさ》れになる。

それに王妃様が着てほしいとお願いしたのであれば着てくるべきなのに、ベルミーラお義母さまもナタリーも、完全に王妃さまのことを無視していたのね。

多分王妃様のお友達と称《しょう》する貴族達も、どちらかというとテレス妃側についていたから、王妃様のお願いも蔑《ないがし》ろにしていたのだろう。

その時私は、クロノム公爵が複雑な表情で王妃様を見詰《みつ》めていることに気づいた。

「そろそろ君も友達を選別した方がいいのかもね」

「オリバー兄様」

「君だって薄々《うすうす》気づいているのだろう？　親しげに声を掛けてくる者全員が君に好意を抱《いだ》いているわけじゃないということぐらい」

「……」

この場は私達しかいないからか、クロノム公爵は砕《くだ》けた口調で王妃様に話しかけている。王妃様に警戒心《けいかいしん》を抱かせないよう、敢《あ》えて昔と同じような口調で話しているようにも思えた。

「だけど、私の力になってくれる友達もいるわ……テレスも私のことを凄く心配していて、私がここに来るのも最後まで引き止めてくれたわ」

「ふうん、テレスちゃんがね」

クロノム公爵は顔の前で手を組んで、どこか意味深な笑《え》みを浮かべる。

あの第二側妃のことをテレスちゃん呼ばわりできるのは、この人ぐらいだろうな。

それにしても何故《なぜ》、テレス妃は王妃様のアマリリス島行きを引き止めたのかしら？

純粋《じゅんすい》な友情で引き止めているとは思えない。

王妃様がいなくなった方が、テレス妃にとっては好き放題できて都合が良さそうな気がするのだけど、何か他に理由があるのかしら？

「とにかく君は昔から危なっかしいんだよね。人のことを信じやすいし」

「オリバー兄様」

「全部の友達を疑えとは言わないけど、君の地位を利用する人、君を陥《おとし》れようとしている人……あるいは、君を殺そうとしている人がいてもおかしくはないのだから。王妃の地位というのは、そういうものだからね」

「……」

クロノム公爵は従兄妹として妃殿下の行く末を案じているのね。

エディアルド様が王妃様を連れてきた目的は、もしかしたら幼なじみのクロノム公爵に母親を説得してもらいたかったのかもしれない。

今のまま、テレス妃を全面的に信頼《しんらい》している状《じょうきょう》況は危《あや》ういと感じていたのだろう。

クロノム公爵が快諾《かいだく》をしたのも、それならば頷《うなず》ける。

王妃様は少し厳しめの従兄妹の言葉に、困ったような表情を浮かべて、俯《うつむ》いていた。

……何か、まだピンときていない感じね。

まぁ、今まで友達だと慕《した》っていた人間をいきなり疑えと言われても困るわよね。少しずつ説得していくしかないのかな？

クロノム公爵はニコッと笑って、今度は優《やさ》しい声で王妃様に言った。

「まぁ堅《かた》い話はここまでにして、ここからはお茶会を楽しもう。メリア、君は確かミルクティーが好きだったよね？　ミルクティーにぴったりな茶葉も用意しているよ」

「本当⁉　嬉しいわ‼」

「この場では、昔のように気軽に話し合おうよ。君も王城の中じゃ気が休まらない日々が続いていただろう？」

「兄様、ありがとう」

オリバー＝クロノムという人物は飴《あめ》と鞭《むち》を巧《たく》みに使い分けているような気がする。

敵だったらやっかいな人だ。そうやって、人間を思うがままに操《あやつ》るんだろうなぁ。

だけど家族思いな一面もあることは確かだ。これから王妃様を良い方向に導いてくれることを期待したい。

お茶会は終始和《なご》やかなもので、隣《となり》の席に座《すわ》ったエディアルド様とゆったりとした気持ちで談笑することができた。

向かいの席ではデイジーが兄であるアドニス先輩を挟《はさ》んで、コーネット先輩と楽しげに話をしている。二人きりで話していると、クロノム公爵に怪《あや》しまれるから、お兄さんを挟んだんだろうけど、アドニス先輩は居心地が悪そうだな。

ウィストは護衛をしつつも、ドレスアップしたソニアのことをチラチラと見ている。

ソニアもそんな彼《かれ》の視線を意識してか、護衛のポーズをとりながらも、明後日《あさって》の方向を見ていた。

クロノム公爵は先程《さきほど》とは打って変わって、王妃様と昔話に花を咲かせている。

あの王妃様と宰相《さいしょう》様がいつになくリラックスしているのが、何とも印象的だった。

◇◆◇

青く澄《す》んだ海、白い砂浜、色鮮やかな熱帯の植物。

旅行前に張り切って買った水着を着て、ビーチパラソルの下ビーチベッドの上で音楽を聴《き》きながらゆったりとする――というのは、あくまで前世で経験した南の島の過ごし方だ。

もちろん、この世界でも浜辺でゴロゴロしたって良いのですよ？　前世のようなスマホや音楽プレーヤーがあるわけじゃないから、音楽を聴きながらというのは無理だけど。

しかし今、私達がいるのはビーチじゃなくて、密林の中だ。

そう、私達はただ今密林のダンジョンを攻略《こうりやく》中なのだ。

冒険《ぼうけん》するメンバーは私とエディアルド様、ソニアとウィスト、それからコーネット先輩。デイジーとアドニス先輩兄妹は案内人だ。

「まずは虫除《よ》けをしてくださいませ」

前世にあった虫除けスプレーのようなものをかけられる。こっちの虫除けスプレーは香水《こうすい》の瓶《びん》と同じようなお洒落《しやれ》な瓶に入っている。

その虫除けスプレーにくしゃみをしたのは、エディアルド様の周りをくるくる飛んでいる小さなドラゴン、レッドだ。

虫除けの匂《にお》いが嫌《いや》なのか、レッドは何度かくしゃみをすると上空へ逃《に》げ、エディアルド様の頭上をくるくると飛びはじめた。

学校の課題だった洞窟《どうくつ》のダンジョンとはまた違う。私が知っている森は薄暗く、不気味な場所が多いのだけど、ここは眩《まぶ》しい太陽の光が所々に差し込み、色鮮やかな熱帯の花や実が森の中を彩《いろど》る。

でも何が出てくるか分からない不気味さは同じだ。

視界の端《はし》に見たこともないくらい大きなムカデが通り過ぎたような気がしたけど、見なかったことにする。

アドニス先輩が言った。

「此処《ここ》のダンジョンはまだまだ未発見のアイテムが隠《かく》れている可能性もあるので探してみましょう。まぁ、一番の目的はこの魔石を手に入れることですが」

アメシスト……？

いや、アメシストに似ているけれど、かなりの魔力が内包している魔石だ。掌《てのひら》に載るサイズ、前世のものでたとえるとゴルフボールくらいの大きさだ。

純度の高い美しい魔石であればある程、多くの魔力を保有することができる。そして魔術の威力《いりょく》を高めてくれるのだ。

「前回採収した虹色《にじいろ》魔石は攻撃《こうげき》の魔術を増強するのに向いているけれど、この紫《むらさき》色《いろ》魔石は主に治癒魔術や浄《じょう》化《か》魔術の効き目を高めるのに向いているんだ。しかも魔力の消費も抑《おさ》えてくれる」

「すごい……そんなレアなアイテムが」

私も欲しいな。得意な回復魔術を今よりもっと高めてくれるもの。

アドニス先輩はクスッと笑って、私に魔石を差し出した。

「この魔石はあなたに差し上げます」

「……え？　こんな貴重なもの」

「いえ、この魔石が貴重なのは此処でしか採れないからです。この密林の中にはゴロゴロと落ちていたりするので」

そ、そうなんだ。ということは、この紫色魔石はクロノム家が独占《どくせん》しているんだね。

しかもクロノム家は他にも島を所有していて、珍しい鉱石が沢山取れるのだとか。

通りで他の貴族と比べても群を抜《ぬ》いてお金持ちなわけだ。

「どんな魔物が出てくるか楽しみだね、ソニアちゃん」

「そうね、どっちが多くの魔物を仕留めるか勝負よ」

ソニアとウィストの騎士コンビは魔石よりも、強い魔物と戦うのが楽しみなようだ……どこかの星の戦闘《せんとう》民族みたいだわ。

それにしても、ウィストってソニアのこと、ソニアちゃんって呼ぶのね。

エディアルド様も心なしかウキウキしているように見える。

「ここは多くの経験値が稼《かせ》げそうだ」

実力を上げる為には、より多くの経験を積むことが重要と考えているエディアルド様は、経験したことがない密林の冒険を前に、声を弾ませている……うん、エディアルド様も、ソニアとウィストと同じカテゴリーの人間だわ。

しばらくの間は和気藹々《わきあいあい》とした雰囲気《ふんいき》で、密林の道を歩んでいた。

思ったほど足元が悪くないのが不思議で私は首を傾げ、アドニス先輩に尋ねた。

「この道って舗装《ほそう》されているのですか？」

「舗装なんかできませんよ。ここは大蛇《だいじゃ》の通り道です。大蛇の重みで、地面が押《お》されたり、こすれたりするせいで、このような平らになってしまうのです」

ど、どんだけ重い大蛇なのよ⁉ 多分、恐竜《きょうりゅう》並みにでかいことは確かね。

道が通りやすくて助かるけれど、あんまり出遭いたくないなぁ。

デイジーがアドニス先輩に声を掛ける。

「大蛇がいるということは、蛇皮《へびかわ》が採取できますわね、お兄様」

「ああ。できればゴールドメイルスネイクがいいな。あいつの皮は防御力《ぼうぎょりょく》が高いし、高く売れる」

「シルバーメイルスネイクでしたら、倒《たお》しやすいわりに高く売れますし、加工したらお洒落だし、そちらの方が私はいいですわ」

「しかし、防御力でいえばやはりゴールトだろう？」

「いえいえ、お洒落なのは絶対シルバーですわ‼」

ちょっととっ！　そんなことで兄妹喧嘩《げんか》しないでよ。私はゴールドでもシルバーでも良いわ！

デイジーがいつになく子供っぽいのは、やっぱり相手がお兄様だからかな？　うちもあんな風に妹と仲よくできたら良かったのにな。

蛇の道を辿《たど》っていくと、住処《すみか》であろう洞穴《ほらあな》にたどり着いた。

「ぎゅるるる……」

レッドが低い声で威嚇《いかく》をする。洞窟の中に強い魔物がいるみたいだ。

コーネット先輩が小さなビー玉のような玉を洞穴の中に投げ込む。それは閃光弾《せんこうだん》と似たような作用をもたらし、洞窟の中が眩しい光で満たされた。

まぶしさに耐《た》えかねた巨大な蛇が洞窟から飛び出してきた。

その身体《からだ》はゴールドでもシルバーでもなく、先程の魔石と同じ、紫色の鱗《うろこ》を持った蛇だった。

「お、お兄様、あの大蛇は……」

「分からない。僕《ぼく》も初めて見る魔物だ」

驚《おどろ》きが隠せないと同時に、目は嬉々《きき》としているアドニス先輩。

大蛇は咆哮《ほうこう》と共に大きな口をあけ、紫の液体を飛ばしてきた。恐《おそ》らく猛毒《もうどく》だろう。

コーネット先輩がすぐさま強力な防御魔術をかける。すると透明《とうめい》な壁がドーム状になって私達を包み込む。

毒は私達にかかることなく壁にぶつかった。

「目を狙《ねら》うんだ！」

アドニス先輩の言葉に、すぐさま反応したウィストは蛇の近くに駆《か》け寄る。大蛇は接近者めがけ毒を放つが、ウィストはそれを避《さ》けてからジャンプをした。

そして剣を横に薙《な》ぎ、蛇の両目を切り裂《さ》いた。

目を潰《つぶ》され叫《さけ》びのたうち回る大蛇の背中にまわったソニアは傍にある岩を踏《ふ》み台にジャンプし、後頭部に剣を刺《さ》す。

その時、蛇の尻尾《しっぽ》がソニアの肩《かた》を切り裂いた。

尻尾の先は刃物《はもの》のようになって、しかも毒が含《ふく》まれているのだ。

「ヒール＝デトリクス！」

私は急いで解毒作用のある浄化魔術と回復魔術の混合魔術をソニアに向かって唱えた。

忽《たちま》ちソニアの全身は淡《あわ》い紫がかった白い光に覆われ、傷口もみるみると塞《ふさ》がる。

紫色魔石を所持しているからか、回復も早いし、おまけに魔力の消費量も少ない。

「あ、ありがとうございます！　クラリス様」

「良かった、すぐに治せて」

回復と解毒の混合魔術は中々実戦の機会がないから今回初めて使ったのだけど、成功して良かった。

聖女様並に早く治療できたのではないだろうか？　まぁ、聖女様の魔術を見たことがないから、何とも言えないけれど。

聖女様が魔術を使う時は、炎《ほのお》や光は真っ白だという。それに対して私が魔術を使うと炎や光は、淡い紫がかった白に輝く。パッと見は、殆ど白なんだけどね。でもやっぱり微妙《びみよう》に違うのよね。

大蛇は尚《なお》も毒を放とうと牙《きば》を剥《む》く。

するとレッドが蛇の顔の高さまで飛んで、口から炎を放った。

たちまち大蛇の顔は業火《ごうか》に覆われる。水系の魔物なので炎の魔術は効き目がないのだが、ドラゴンの高温の炎にかかると、水分をたっぷり含んだ大蛇の顔も燃えてしまうらしい。

頭が燃えてしまった大蛇は、大きな音を立てて地面に倒れた。

「胴体《どうたい》の鱗は燃えなくて良かった」

ウィストは躊躇《ちゆうちよ》なくナイフを蛇の腹に突《つ》き立てた。

「この蛇皮、とってもお洒落ですよ」

綺麗《きれい》に蛇の皮を剥《は》いだソニアが皆に見せるように天に掲《かか》げた。

ウィストとソニアが慣れた手つきで蛇皮や蛇肉を採取する。この二人にとってダンジョンで魔物を狩《か》って、解体する作業は日常《にちじよう》茶飯事《さはんじ》らしい。

解体された蛇皮は革袋《かわぶくろ》の中に入れられ、密封《みつぷう》される。

「蛇肉、いただいても良いですか？」

目を輝かせてエディアルド様達に尋ねるソニア。

え……蛇の肉、食べるの？

「毒蛇なのに大丈夫《だいじようぶ》なの？」

私が尋ねるとソニアは頷く。

「毒は頭部と尻尾にあって、胴体は食べられますよ。頭部はもう黒焦《くろこ》げですし、尻尾は先っぽだけ切り離《はな》せば問題ありません」

言うが否《いな》やソニアは蛇の胴体をサクッと輪切りにして、肉の一部ををレッドに向かって放った。

レッドは目を輝かせ、大蛇の肉にかじりつく。

わ、レッドが蛇の肉を美味《おい》しそうに咥《くわ》えている。可愛い顔しているけれど、やっぱりドラゴンなのね。

「ほら、レッドもムシャムシャ食べているでしょう？」

「う、うん……」

子犬に餌《えさ》をあげるようなノリで大蛇の肉をドラゴンに与《あた》えているソニア……な、何かワイルドすぎない？　騎士ってサバイバルの研修もするのかしら？　まぁ、日本の自衛隊でもサバイバル訓練はするみたいだし、やっていても不思議じゃないけど。

ウィストやソニアは無人島でも生きていけそうね。

「ソニアちゃん、久々に君が作った蛇の唐揚《からあ》げ食べたい」

「いいわよ、後で厨房《ちゆうぼう》を借りて作るね」

まるで新婚夫婦《しんこんふうふ》のような、ほっこりとした会話だ……ウィストとソニアの顔に蛇の返り血がついてなかったら、の話だけど。

蛇の立場からしたら、恐ろしい鬼《おに》のカップルにしか見えないわね。

私も牙を採取することにした。頭部は黒焦げだけど、牙は綺麗に残っている。牙の毒を使って、この蛇の解毒剤《げどくざい》を作っておきたい。

毒の採取が終わると、エディアルド様が、蛇の住処である洞穴へと入っていったので私もそれについていくことにした。

「エディアルド様、お一人で行くのは危険です」

「大蛇はもういないから大丈夫だ。それにこいつもいるし」

エディアルド様は先だって飛んでいるレッドを指差して言った。

無邪気に飛び回るドラゴンは、蛇肉をお腹いっぱい食べてご満悦《まんえつ》の様子だ。

レッドは小首を傾げ、「きゅーっ」と私に向かって甘えたような声を出す。

可愛らしい声に思わずクスッと笑いながら、私もエディアルド様の後を追った。

しばらく歩いていると広い場所に出た。恐らく大蛇がとぐろを巻いて寝る場所なのだろう。

寝床《ねどこ》の周りには先程の紫色魔石の巨大な結晶《けっしょう》がいくつも生えていた。

エディアルド様はその中でも特に大きな結晶の元に歩み寄る。それを採取するのかと思いきや、大きな結晶のすぐ傍にある小さなひとかけらをハンマーで取り出す。

豆粒《まめつぶ》程度の小さな魔石だ。小さいけれど、紫の深みと輝きが違う。

「こいつは紫色魔石の力を凝縮《ぎょうしゅく》したような石だ。こいつ一つで、他の魔石の数十倍の魔力含有量《がんゆうりょう》と魔術増強、魔力消費削減《さくげん》の効果がある」

「そうなのですか？」

「国宝級のレアアイテムだ」

す……凄い。

き、きっと二度とお目に掛かることがないであろうお宝だから、目に焼き付けておこう。

そこにコーネット先輩やアドニス先輩、デイジーも洞窟に入ってきた。

「何かありましたか？」

尋ねるアドニス先輩に、エディアルド様はちょっとドヤ顔で先程の魔石を見せる。

三人は目を丸くして、まじまじとその魔石を見詰める。

「凄い、魔石の王だ」

思わず呟《つぶや》くアドニス先輩に、エディアルド様は尋ねた。

「こいつは発見した俺《おれ》が貰《もら》っても良いのかな。それとも土地の持ち主であるクロノム公爵の了承《りょうしょう》がいるかな？」

「基本、ダンジョンのお宝に関しては発見者のものなので許可はいりませんが、とても珍しいものなので父にも見せてやってください」

アドニス先輩のお願いに、エディアルド様は快く頷いた。

凄いな、いきなり国宝級のお宝を見つけてしまうなんて。

初めての密林のダンジョンは、巨大蛇の退治と、紫色魔石の採掘《さいくつ》、そして薬草採取で一日が過ぎていった。

ちなみに、国宝級のお宝はクロノム公爵に見せた後、エディアルド様のものになったらしい。

どちらにしても国に献上《けんじょう》するレベルのお宝だから、エディアルド様が持っておけば良いとのこと。

それから私達は事あるごとに、密林のダンジョンの冒険に出掛けることになった。お宝は魔石だけじゃない。質の良い薬をつくるのに適した薬草や実も沢山採取することができた。

「殿下、グリーンタイガーは水が弱点です」

「了解《りょうかい》」

グリーンタイガーとはその名の通り、緑色の毛を持つ虎《とら》だ。密林に紛《まぎ》れて襲《おそ》ってくるやっかいな魔獣《まじゅう》だ。それでもネコ科だからか、水の魔術に弱いらしい。

アドニス先輩の助言にエディアルド様は頷いて、グリーンタイガーに向かって、水撃砲魔術《すいげきほう》を放った。

水の砲撃をくらい、身体が吹《ふ》っ飛んだ虎は目を回して仰向《あおむ》けに倒れる。

こんな調子で、南国特有の強い魔物との戦いを重ねることによって、私達は着実に経験値を上げ、さらに実力をつけることになった。

バカンスを楽しむつもりが、何だか自分の訓練になってしまっているような気がするんだけど、楽しいからいいいか。

密林で薬草を探す作業も、めちゃくちゃ楽しい。エディアルド様達が魔石を採掘している間、私とデイジーは木の蔦《つた》に実っているピンク色の実をとっていた。

ビーズみたいで可愛らしい実をじーっと見ていた私に、デイジーが説明する。

「このピンクビルベリーは普通《ふつう》に食べても美味しいのですが、回復薬に使うこともできるのですよ。この実を使うことで通常の回復薬より数倍の効果が得られるのです」

「デイジー様は、植物に詳《くわ》しいのですね」

「はい。私が何故植物に詳しいかは、後で説明しますわ」

「……？」

にこやかに笑うデイジーに、私は頭に？マークを浮かべ首を傾げた。

その日、私はデイジーに案内され、クロノム家別邸の一室にある研究室へやってきた。

研究室は理科室に置いてあるような黒いテーブル、乳鉢《にゆうばち》やフラスコによく似た硝子瓶、薬剤が詰め込まれた瓶などが並んだ棚《たな》がいくつもあった。

薬草や薬実が栽培《さいばい》されている温室も隣接《りんせつ》しており、いつでも材料が取りにいけるようになっている。

「お父様は宰相になる前、宮廷《きゆうてい》薬師長でしたの」

「宮廷薬師だったクロノム公爵が何故、宰相に？」

「陛下のご指名ですわ。お父様と陛下はハーディン学園の同級生でしたの。お父様は生徒会時代、陛下をお支えしておりましたから、その信頼関係もあり、是非自分の補佐《ほさ》として働いてほしいと仰《おお》せになったそうですわ」

へ、へぇ。陛下とクロノム公爵って同級生なんだ。

陛下の方が老《ふ》けている……じゃなくて、貫禄《かんろく》があるのは、やはり国王の威厳《いげん》があるからか。いや、単にクロノム公爵が童顔で若く見えるだけで、陛下は年相応なのかも。

「今の宮廷薬師長はクロノム公爵よりお年を召《め》した方ですよね？」

「ええ、お父様の師匠《ししよう》になる方で、父の前に宮廷薬師長に就《つ》いていた方ですわ。悠々《ゆうゆう》と隠居《いんきょ》生活を送ろうとしていたのに、お父様が宮廷薬師を辞めてしまったから、再び宮廷薬師長に戻《もど》る羽目になって、しばらくの間、お父様はお師匠様に恨《うら》み言を言われていたそうですわ」

隠居しようとしていたお爺《じい》さんを呼び戻すなんて、宮廷薬師長になれるような、実力がある若手がいなかったってことなのかな？　だとしたら由々《ゆゆ》しき問題よね。小説ではヴィネがまさに次期宮廷薬師長と期待されていた筈だけど。

デイジーはテーブルの上に載せている布袋に入った薬草を一つ手に取り、弾んだ声で私に言った。

「ダンジョンで採ってきた薬草で万能薬《ばんのうやく》を作りましょう」

「……デイジー様、難しいことをサラッと言いますね」

体力を回復する薬を作ることよりも、魔力を回復する薬の方がはるかに難しい。ましてや体力と魔力を同時に回復させ、おまけに解毒の作用もある万能薬となると、上級薬師でも作るのが難しくなる。

私はヴィネに薬学を教わって、多少は腕《うで》を上げてきたつもりだけど……。

「でもクラリス様が作る上回復薬は、魔力も回復する程良いものだとエディアルド殿下から伺《うかが》っておりますわ」

「最近、魔力も回復するくらいの薬は作れるようになりましたけど、完全に回復するものじゃないし。万能薬というには程遠いですよ」

「いえ、少しでも魔力が回復する薬を作る実力があるのであれば、あとは材料の質ですわ。質の良い材料によって薬の質も変わりますから。あの密林で採収できる薬草は最上級なものばかりなので、たとえ失敗しても、特上の回復薬を作ることができますわ」

うきうきした口調のデイジーに私は不思議そうに尋ねる。

「デイジー様はもしかして、薬学の心得があるのですか？」

「はい、幼い頃《ころ》より父から手ほどきを受けていましたわ」

「そうだったのですね」

ハーディン学園では薬学を学ぶことはできない。

覚えることが他の科目に比べ膨大《ぼうだい》にあるので、薬学だけは専門学校のような学び場があり、薬師を目指す者のみが薬学を習うのだ。

だから私はデイジーに薬学の心得があることは知らなかった。

「今まで薬学を学んでいたことは、恥《は》ずかしくて言えませんでしたの」

「何故ですか？」

「お父様やお兄様ほどの実力が私にはなかったのです。私は魔術が苦手でしたでしょう？　魔術を使って作らなければならない回復薬や解毒薬を上手《うま》く作ることができなくて」

「……」

「ですがコーネット様と魔術の特訓をするようになって、苦手だった魔術を克服《こくふく》してからは、薬も上手に作ることができるようになりました。だから、ここに来るときはクラリス様と一緒《いっしょ》に薬を作りたいって思うようになったのです」

「……っ!?」

デイジーは私の両手をぎゅっと握《にぎ》りしめる。

その時のデイジーの嬉しそうな顔は、本当に可愛くて同性の私でもドキッとしてしまった。

そんな風に思ってくれていたなんて……私も嬉しい。

「クラリス様、この島に滞在《たいざい》している間、できるだけ多くの回復薬を作ることにしましょう」

「デイジー様？」

「父の話によると、最近魔物達が凶暴化《きょうぼうか》しているそうです。まだ町や村を襲っているという報告はないようですが、この先、実行部隊の出番が多くなるかもしれません。私はソニア様やウィスト様の為にもできるだけ多くの薬を作っておきたいと思っているのです」

「――――」

一瞬《いっしゅん》。

私は目眩《めまい》を覚えた。

恐れていた未来が現実になる？

心のどこかでは、小説の出来事が現実になるとは限らないと思っていた。今までだって小説とは違う展開がたくさん起きた。魔物の軍勢が来るとは限らない……そんな希望的観測を抱いていた。

だけど魔物の動きが活発になっているということは、魔物を活性化する瘴気《しょうき》が漂《ただよ》っている可能性があり、その裏には魔族がいる。

魔族が人間の世界に来てまず行うことは、自分が住み良い空間を作る為に闇《やみ》の魔術を駆使《くし》し、周囲を瘴気で満たす。瘴気は人間にとっては有毒だが、魔族にとっては活力の源だ。そして瘴気を吸った魔物達は、人間に対し敵意を向け、魔族の意のままに操られてしまう。

あくまで小説に書かれていた魔族と魔物の設定だ。

今ある現実が小説の設定通りとは限らない。

でも、もし小説のように魔族の皇子ディノが現れたら……？

魔物の軍勢と戦う前に、私は『黒炎《こくえん》の魔女』、エディアルド様は『闇黒《あんこく》の勇者』になるのだろうか。

私はもちろん、エディアルド様だってそんなことにはならないと信じているけれど。

だけどその可能性が少しでもあるならば、リスクを回避《かいひ》すべきだと思う。

どこか遠くに逃げることはできるだろうか？　いや、ディノが本気で探し出そうとすればこの大陸に逃げ場なんてない。

エディアルド様に伝えるべき？「あなたは『闇黒の勇者』になる可能性がある」だなんて、そんなことエディアルド様に言えるわけがない。

私は転生者で、ここは小説の世界だなんて信じてくれる筈がないし、何よりあの人を傷つけてしまうもの。

この秘密は誰《だれ》にも話せない、とくにエディアルド様には決して知られてはならない。

それでも、魔族襲来《しゅうらい》について知っている私にできることはある。

「作らなきゃ……」

「クラリス様？」

「一刻も早く、万能薬を……より良い回復薬を作るようにしましょう」

私は、多分鬼気《きき》迫《せま》る表情を浮かべていたのだと思う。デイジーは戸惑いながらも、コクコクと頷いていた。

質の良い材料が功を奏し、私達はその日の内に完璧《かんぺき》な万能薬を作ることに成功した。

それからダンジョン攻略のかたわら、時間を見つけてデイジーと共に薬を作ることにした。

とても幸運なことに、今ここには紫色魔石がある。

ダンジョンでアドニス先輩がくれたものだけど、それを側に置いておくだけで魔力の消費がかなり減る。

多くの魔力を必要とする万能薬を作る時、それは大いに役に立つ。

本来なら一日一つしか作ることができないが、紫色魔石を側に置いておくと一日五つ、調子が良い時は八つ作ることができた。

「クラリス様、見てくださいませ！」

魔術が不得手だった時には薬を上手く作ることができなかったデイジーも、一緒に回復薬を作る度に腕をあげ、一週間後には私と同じクオリティーの万能薬を作ることができるようになった。

しかもデイジーの才能は回復薬だけには留《とど》まらなかった。

「クラリス様ー‼　エディアルド様ー‼　ちょっと見てくださいませ」

ある日、浜辺に呼ばれた私とエディアルド様。

そこにはコーネット先輩もいて、何事かと思いきや、デイジーはビー玉が入ったクッキー缶《かん》を私に見せた。

あ、ビー玉じゃなくて、ビー玉のような大きさ、形をした魔石ね。キラキラしていて綺麗だ。

確かこの魔石って洞穴の灯《あか》りをともす時に使っていたものじゃなかったっけ?？

デイジーは魔石を一つ手に取ると、それを海に向かって投げた。


ドォォォォォォォォォォォォンッッッ‼


とてつもない爆発音《ばくはつおん》。

爆発の衝撃《しょうげき》で巨大な水柱が立つ。

少し離れた場所で海を泳いでいた海鳥達が、一斉《いっせい》に羽ばたいた。

「凄いでしょう？　中が空洞《くうどう》の魔石に私が調合した爆薬を詰め込みましたの。今のように、標的に向かって投げつけたら、上級の爆破魔術と同じくらいの破壊力《はかいりょく》がありますのよ」

「「………………」」

とびっきり可愛い笑顔《えがお》で破壊兵器の説明をしてくれるデイジー。

た、多分、巨大な魔物だったら一撃で倒せるか、強い魔物でもかなりのダメージを与えるくらいの威力はある。

うーん、デイジーとコーネット先輩がタッグを組んだら、国一つ吹っ飛ばすような最終兵器を作りそうで怖《こわ》い。

「持ち運びも便利でいいんじゃないか？　ただ爆破の範囲《はんい》がもう少しコンパクトな方が使い勝手が良さそうだな」

エディアルド様は極真面目な顔で、ビー玉爆弾《ばくだん》を評価している。私は驚きのあまり、まだ声が出ないんですけど。

デイジーはエディアルド様の言葉をメモしていた。

そんな危険な発明品も開発しつつも、材料が無くなったら皆で密林のダンジョンへ行き、レアアイテム探しや魔石採掘、薬草採取もする。

一度に大量に作ることができないのがもどかしいけれど、魔物の軍団を相手にすることになることを思うと、万能薬は絶対に必要になる。

「できるだけ多くの薬をストックしておかなきゃ……未来の為に」

◇◆エディアルド視点◆◇

俺の名はエディアルド＝ハーディン。

秋休みを利用して、アマリリス島にあるクロノム家の別邸で母上と共に過ごすことになった。

王室の抑圧《よくあつ》から解放され、空気も良いおかげで母上もいつになくリラックスして、のんびりとした生活を楽しんでいるみたいだった。

けれども、アマリリス島に来て七日目、母上は体調を崩し寝込《ねこ》んでいた。

彼女《かのじょ》の体調に呼応するかのように、南国の空も黒い雨雲に覆われている。

「やはりテレス妃の言うことは正しかった！　こんなクソ田舎《いなか》じゃろくな治療ができやしない‼　こうなったのも、エディアルド殿下、あなたの責任ですぞ」

そう吐《は》き捨てる薬師らしき男に、俺は眉《まゆ》を寄せた。

クロノム公爵は万全《ばんぜん》に備え、何人かの専属の薬師と魔術師を母上につけてくれていた。彼もその中の一人だと思っていたが……。

するとと母上はゆっくりと身体を起こして、男の方を見た。

「エディー、紹介《しょうかい》するわ。主治薬師のバートンよ」

「主治薬師？」

「ええ、テレスが紹介してくれたの。とっても優秀《ゆうしゅう》な薬師なのよ」

俺は驚きに目を瞠《みは》った。

母上の主治薬師がついてきているなんて聞いてないぞ!?

俺の険しい表情を見て、母上は少しオロオロしながら言った。

「私の病状は深刻だから、アマリリス島には優秀な薬師を連れていった方がいいってテレスに言われて、バートンに来てもらうことになったの」

「何故、話してくださらなかったのです？」

「だってエディーには余計な心配を掛けさせたらいけないから、主治薬師のことは内緒にした方がいいってテレスに言われていて……だから紹介が今になってしまったのよ」

「……」

く……あのババア。

母上に上手いこと吹き込んで、主治薬師の存在を俺に知らせないようにしていたな。

母上は親友であるテレスの言うことを全面的に信じてしまっているからな。

それに俺がテレスから紹介されたメイドや魔術師をことごとく解雇《かいこ》しているから、これ以上テレスの顔に泥《どろ》を塗《ぬ》りたくない、という母上の思いもあったのかもしれない。

クロノム公爵専属の薬師達も、母上が自分の主治薬師だと紹介したら、何も言えなくなるだろうしな。

しかしクロノム公爵はバートンの存在に疑問を抱かなかったのだろうか？　知らない薬師がいたら咎《とが》めると思うのだが。

「今日のところは薬を飲んで休んでいただきますが、明日には誰が何と言おうと帰城させますぞ！」

バートンはバッグから薬が入った包みを取り出し、それを湯に溶かした。

見るからに熱そうなカップを母上の元へ持っていこうとする薬師を俺は止めた。

「少し冷ましてから持っていった方が良いんじゃないか？」

「これだから素人《しろうと》は。これは熱ければ熱いほど効能が高まる薬なのです」

「……」

俺もヴィネから薬学を習っているが、そんな効能がある薬など聞いたことがない。

何も知らないと思って舐《な》めた発言をしてくれる。

「エディー、安心して。この薬は具合が悪くなった時に飲む薬なの。お城ではメイドが出してくれていたのだけど、今日は彼が特別に調合してくれたのよ」

母上はあくまでバートンを庇《かば》おうとしている。

あんな熱々の薬を母上はその都度飲んでいたのか？

俺がぐっと拳《こぶし》を握りしめた時、コンコンとノックの音がして、クロノム公爵が部屋に入ってきた。

「し、診療《しんりよう》中の部屋に入るとは何事だ⁉」

「ふーん、君、誰に向かって怒《おこ》っているの？？？」

クロノム公爵は見た目は少年のような童顔で優しそうな表情だが、その眼差《まなざ》しは凍《い》てつくような冷ややかさを孕《はら》んでいる。

使用人の誰かが入ってきたと思ったのだろうな。相手がクロノム公爵だと認めた瞬間、バートンは顔を蒼白《そうはく》にして、深々と頭を下げた。

「申し訳ございません。ですが、ただ今診療中なので」

「診療中って、今、薬を飲ませているだけだよね？　僕が入ると不都合なことがあるの？」

「あ………いえ……」

クロノム公爵はニコニコと笑って小首を傾げた。

当然、バートンは反論できずに黙《だま》り込む。

「ねぇ、バートン君だったよね。君って確かテレスちゃんの親戚《しんせき》だったよねぇ？」

「へ……な、何故、それを？」

「やだなー。僕は宰相だよ？　お城で働いている人の顔と名前と経歴はぜーんぶ頭の中に入っているんだから」

クロノム公爵はこめかみを指でとんとんと叩《たた》きながら、ちょっと自慢《じまん》げに言った。

一発で身元がばれてしまったバートンは上ずった声で答えた。

「そ、そうです。恐れ多くもテレス妃殿下の紹介で、王妃殿下の主治薬師をさせていただいております」

薬湯が入ったカップが載った盆《ぼん》を持ったまま、クロノム公爵に向かって頭を下げるバートン宮廷薬師。しかし盆を持っている手はガタガタと震《ふる》えていた。

「いやぁ、びっくりしたよ。いつの間に紛れ込んでいたの？　君」

「……!?」

クロノム公爵の問いかけに、バートンはびくんっと肩を震わせる。

母上は驚いて、慌《あわ》てた口調で言った。

「に、兄様。違うの。バートンの同行は私が許可したの。だから責任は私にあるのよ」

「困るなぁ、メリア。招待していない人間を勝手に別邸に入れたら」

「ご、ごめんなさい……」

しゅん、と俯く母上。

なんだか子供みたいだな……母上が子供の頃からクロノム公爵とはああいうやりとりをしていたのかもな。

バートンは母上に庇ってもらい、安堵《あんど》の息をついていた。

しかし、クロノム公爵がそこで話を終わらせる訳がなかった。

「ねぇ、バートン君」

「ま、まだ何かあるのでしょうか？」

「僕の専属薬師が使う部屋に一緒にいたみたいだけど、王妃専属という身分を盾《たて》に随分横柄《ずいぶんおうへい》な態度をとっていたみたいだね？」

クロノム公爵の言葉に母上は愕然《がくぜん》としてバートンの方を見た。まさか、そんな人間だとは思いもしなかったのだろうな。

「エディー、ちょっとこっちへ」

クロノム公爵は俺に近くに来るように言って、薬湯が入った器を指差した。

「エディー、君が僕にお土産《みやげ》としてくれたアレ、今持っている？」

「ああ、アレですね」

俺は胸のポケットからミールの水が入った小瓶を取り出す。

主治薬師が「勝手な真似《まね》を……」と言い終わる前に、俺は水を薬湯の中に一滴《いってき》垂らした。

すると薬はまるで青い入浴剤《にゅうよくざい》を入れた湯のように青くなった。

「わお、すごい変色ぶり。さっすがミールの水だね‼」

感激したような声を上げるクロノム公爵のミールの水という言葉《ワード》に、主治薬師の顔色は真っ青になった。

ミールの水は毒に強く反応する。毒入り食べ物や飲み物にミールの水を入れると、青く変色するのだ。

すなわちこの薬には毒が入っていたということになる。即効性《そっこうせい》の毒では疑われるので、毎日少量の毒を飲ませ、少しずつ母上の身体を蝕《むしば》もうとしていたのだろう。

「な……なぜ、殿下がその水を」

「凄いよねぇ。ミールの水なんて僕も久しぶりに見たよ」

ミールの水は、聖なる寝床と呼ばれる森にあるミールの泉でのみ採ることができる水で、よろず屋ペコリンでしか手に入らないレアなアイテムだからな。

俺だって小説を読んでいなかったら、こんなレアアイテムを手に入れられるわけがない。

「そんな珍しくて貴重な水を、エディーが沢山お土産として持ってきてくれたんだよ」

「公爵にはこれからお世話になるのだから当然のことです」

俺は手土産としてミールの水を一箱分――前世の飲料水で換算《かんざん》すると五百ミリリットルのペットボトル二十四本分を公爵に渡している。

ペコリンの店ではミールの水はジュースを売っているかのように当たり前に売っているのだ。ジュースよりはかなり値がはるけどな。

ミールの水を当たり前のように売っているような店だったら、口コミで人々の間で広がり、ミールの水も普及《ふきゅう》しそうなものだが、店は何故かペコリンが気に入った客しか入れないようになっているらしい。

ペコリンが認めた客以外が店を目指しても、迷路を彷徨《さまよ》うかのように路地をぐるぐる回る羽目になり、永遠にたどり着かないというのだ。

「メリア、エディーが持っているこの水はね、毒物が入っていると青く反応するんだよ。凄いよねぇ」

「今まで毒が混ざっていたみたいだね、君が飲んでいた薬は」

「え……毒物……でも、それはバートンが私に飲ませようとした薬」

「……!?」

クロノム公爵の言葉に、母上は絶句し、両手で口を押さえた。

そして信じられぬものを見る目で主治薬師の方を見る。

当然バートンは慌てふためいた口調で言い訳をする。

「こ、これはほんの微量《びりょう》の毒素が反応したもので、人体に影響《えいきょう》があるわけでは」

「君、僕が宰相やる前、宮廷薬師長だったこと知っている？」

「……!?」

目と口が三日月のような形をした、なんとも不気味な笑顔で問いかけるクロノム公爵に、バートン薬師の顔は蒼白から真紫に変わった。

その反応からしたら、知らなかったのかな？

まぁ、クロノム公爵が宮廷薬師長を辞めたのは、もう十五年前になるからな。

下手な言い訳が通用しない相手だと悟《さと》ったバートンは、盆を床《ゆか》の上に置いて、深々と土下座をする。

「申し訳ございません……こ、これは私の調合ミスであり、故意でやったわけじゃ」

「君には色々と尋ねたいことがあるんだよね」

「お……お許しを」

「大丈夫！　正直に話せば痛いことはしないよ。でも正直に話さなかったら、死んだ方がマシな目に遭うけどね」

バートンからすれば、全然大丈夫じゃない発言だ。

助けを求めるかのように母上の方を見る。すると母上は彼を安心させるような優しい笑顔で言った。

「バートン。オリバー兄様は鋼鉄の宰相と呼ばれていますが、とても優しい方よ？　ちゃんと正直に話せば、解放してくださるわ」

「……」

——正直に話せないから、母上に助けを求めたんだけどな。

母上はまだバートンのことを信じて疑っていない。

クロノム公爵は肩をすくめ指を鳴らした。

すると屈強《くっきょう》な騎士達があらわれ、バートンの両脇《りょうわき》を捕《と》らえた。

「ち、違うんです‼　誤解です‼　これはあくまで調合ミスで」

「調合ミスで、人体に悪影響を及《およ》ぼす禁薬の毒が入ったのかぁ……初級薬師でも有り得ないミスなんだけど？　まず、何故そんな危険な薬を僕の家に持ち込んでいるの？」

「⁉」

薬師は目を泳がせ、懸命《けんめい》に言い訳を考える。

しかし良い言い訳が思い浮かばなかったのか、裏返った声で訴《うった》えた。

「故意でやったわけじゃないのです。悪気があったわけでは」

「故意も悪気も関係ないよ。君が王妃を殺しかけたという結果が重要なの。王族に危害を加えようとした時点で十分な反逆行為《こうい》だからね」

「毒は間違えて持ってきたのです……ほら、エゴマの粉と良く似ているではありませんか」

バートンはポケットから粉が入った紙袋をとりだして、それを盆の上に出してみせる。

見た目茶色い粉で、確かにエゴマをすりつぶした粉に見えないこともないが……言い訳にしては無理がありすぎるな。エゴマの粉はもっと粗《あら》いのに対し、今、俺達に見せている粉はとてもきめ細やかだ。

俺でも見分けがつくのに、元宮廷薬師長を誤魔化《ごまか》せると思っているのだろうか？　もう動揺《どうよう》のあまり正常な判断ができていないんだろうな。

「毒とエゴマの粉の見分けもつかないの？　君、本当に薬師なの？　資格があるのかも疑わしいな」

「わ、私は正式な上級薬師です！　信じてください」

「これって蓄積《ちくせき》されるタイプの毒だね。定期的に相手に少量飲ませることで、少しずつ死に追いやるんだよね。この毒を飲ませることで、病死に見せかけることもできるんだよ」

母上にも分かりやすいようにクロノム公爵は説明する。

ここにきてさすがの母上も、最近の身体の不調の理由がその毒にあったらしいことに気づいたみたいだな。

だけどまだ信じたくないのか、首を横に振っている。

「上級薬師なら、蓄積されるタイプの毒を調合することもできるよね。この毒も君の手作りかな？」

「げ、解毒薬を作る為に、この毒を作ったのです」

「うん。なかなかいい理由だけど、毒を僕の家に持ち込む理由にはなっていないね。しかもポケットに入れている理由にもなっていない。他に納得《なっとく》する理由が言えなきゃ死刑《しけい》確定だよ」

「――――」

無邪気な口調でさらっと死刑宣告を言い渡すクロノム公爵。童顔で優しそうな顔に惑《まど》わされていたバートンは、この時初めて彼が鋼鉄の宰相と呼ばれる所以《ゆえん》を知ったに違いない。

「そ……そんな。どうかご慈悲《じひ》を」

「じゃあ慈悲として死に方は選ばせてあげるよ。斬首《ざんしゅ》がいい？　火あぶりがいいか？　あ、それともこの毒をジョッキで一気飲みする？　十日間くらい飲み続ければ死ねると思うけど」

「――――」

バートンは許しを請《こ》う言葉を出そうと口を開きかけるが、それによって鋼鉄の宰相の怒《いか》りを買うかもしれないと思うとなかなか声にならずにいた。

母上が震えた声で訴える。

「に……兄様。わざとじゃないんだし、きっと他にも理由があるのよ。だから、死刑だけは」

「もちろん、僕もそこまで鬼じゃないよ。もし死にたくないのなら、いつものようにテレスちゃんにお手紙で報告してくれる？　予定通り進めば、あと半年で王妃は亡くなるだろうって」

「――――」

クロノム公爵の言葉を聞いた母上は絶句する。

バートンがかすれた声でクロノム公爵に問う。

「ど……どうして、それをご存じなのですか。ま、まさか手紙を開けて内容をご覧になったのですか⁉」

「ん？　そんな行儀《ぎょうぎ》の悪いことはしないよ。単なる僕の勘《かん》だよ。君だったら、そういう手紙をテレスちゃんに書くだろうなぁって予想していたから。見事に当たっちゃったね」

「……」

もうバートンは白目を剥いて気絶寸前だ。

クロノム公爵が顎《あご》でしゃくるジェスチャーで合図をすると、騎士達はバートンを引きずるようにして連行していった。

彼らが出ていき、扉《とびら》が完全に閉まった後、クロノム公爵は呟いた。

「良かったね。テレスちゃんにお手紙を書いている間は寿命《じゅみょう》が延《の》びて」

クロノム公爵は従兄妹を殺そうとした主治薬師を許すつもりなど毛頭無いようだった。

母上はテレス妃が紹介してくれた腕の良い薬師が、自分に毒を盛っていたという事実が受け入れられないのか、茫然《ぼうぜん》としていた。

わざと毒を入れたわけじゃないと叫ぶバートンをまだ信じたかったようだが、テレスとの手紙のやりとりのことを聞いて、彼を信じていた心は打ち砕かれた。

そんな従兄妹の姿にクロノム公爵は優しく囁《ささや》いた。

「今は受け入れられないかもしれないけれど、ちゃんと現実と向き合わないとね」

「……」

母上の虚《うつ》ろな目に一筋の涙がこぼれ落ちる。

今までずっと慕ってきた親友に毒を盛られていたという事実は、あまりにも悲しく受け入れがたいものだろう。

どんな声をかけていいのか、今の俺には分からない。

「今はそっとしておいてやろう」

クロノム公爵に促《うなが》され、俺達は母上の部屋を出た。

何かあれば部屋の隅に待機しているメイド達が知らせてくれるだろう。

しばらく廊下《ろうか》を歩いていたが、母上の部屋から離れたのを見計らい、俺は先だって歩く公爵に問いかけた。

「バートンが紛れていることを知っていて、泳がせていましたね？」

やや批難まじりに問う俺に、クロノム公爵は歩いている足をピタリと止めた。

そしてくるりと振り返り、にこりと笑う。

「バートンがメリアに薬を飲ませるタイミングを待っていたからね。メリアが見ている目の前で毒が盛られたことを証明し、バートンが白状するところまで見せないと、彼女は最後までバートンを庇ったただろうから」

「……」

確かに、バートンがここに入る前に追い返してしまっていたら、母上は納得しなかったかもしれないな。

下手をするとクロノム公爵に不信感を抱いてしまっていたかもしれない。

ふと公爵がじっと俺の目を見詰めているのに気づいた。

この人は母上よりも年上だから四十代半ば、あるいは後半くらいの年だろう。

前世の俺よりも年上だ。だからなのか、まるで子供を見透《みす》かした親のような目で俺のことを見ている。

「エディー、以前から君とはゆっくりと話がしたかったんだ」

「クロノム公爵」

クロノム公爵は母上にとって兄のような存在。

公《おおやけ》の場以外では俺のことをエディーという愛称《あいしょう》で呼び、くだけた口調で話しかけてくる。

「後で一階にある会議の間に来てくれる？」

◇◆◇

一度自室に戻ろうとする途中《とちゅう》、ドアに研究室と書かれた部屋からクラリスとデイジーの話し声が聞こえて、歩いている足を止めた。

最近、デイジーと薬を作るようになったとは聞いていたが、何やら真剣に話し合っているな。

俺はそっとドアを開け、中の様子を見てみることにした。

「あ、エディアルド殿下！」

「エディアルド様、王妃様のご様子は如何《いかが》でしたか？」

クラリスとデイジーは心配そうに俺の元に駆け寄ってきた。

母上の側にいた友人が君達のような人だったら良かったのに。

確かに母上は王妃には向いていないが、彼女を支える友人がいれば少しは違っていたのかもしれない。残念ながら周囲の友人達は、母上を利用するような人間ばかりが集まってしまった。

俺は先程あった出来事を、クラリスとデイジーに話して聞かせた。

「そ……そんな。王妃様が毒を盛られていたなんて」

「……」

ショックが隠せないクラリスに対し父親から予《あらかじ》め話を聞かされていたであろうデイジーは複雑な表情を浮かべていた。彼女もできればすぐにでもバートンを追い返したい気持ちだっただろうが、バートンが母上に薬を出すまで我慢《がまん》するようクロノム公爵に指示されていたのだろうな。

クラリスが不安そうな声で俺に問いかける。

「王妃様は大丈夫なのでしょうか？　今までも毒を盛られていたわけでしょう？」

「クロノム公爵が言うには、毒の効能が発揮する量を体内に取り込むと、極端《きょくたん》に痩せ衰《おとろ》えて、精神状態が悪化するらしい。母上は今の時点ではそこまでじゃないから、命に別状はないみたいだ」

「よ、良かった」

ほっと胸をなで下ろすクラリス。

心の底から母上の心配をしている彼女の気持ちが伝わってくる。

「クラリス、君が作った薬を母上に飲ませてやってくれないか？」

「私が作った薬がお役に立つのであれば、是非」

快く頷いてくれるクラリスに、俺は胸が熱くなる。

本当に君が婚約者で良かった。

その場にいたデイジーも両手を握りしめ、強い口調で言った。

「丁度、解毒作用にも秀《ひい》でた万能薬ができあがったところです。さっそく王妃様に飲んでいただきましょう！」

俺はクラリスとデイジーを連れて、母上の部屋に戻った。

先程のやりとりで、すっかり憔悴《しょうすい》してしまったのか、やつれてしまっている母上の様子に、クラリスとデイジーは痛ましそうな表情を浮かべた。

クラリスは薬が入った小さな小瓶を盆の上に載せ、母上の元に歩み寄った。

「王妃様……私が調合した薬です」

「クラリス……あなた」

「今はとても辛《つら》くて、何も喉《のど》が通らないとは思いますが、せめてこれだけでもお飲みください。一刻も早く王妃様の身体を蝕む毒を消さなければなりません」

「……」

母上はクラリスが差し出す薬をしげしげと見詰めた。

小さな硝子瓶の中には、澄んだエメラルドグリーンの液体が入っていて、まるで宝石のように煌《きら》めいていた。

「まぁ、綺麗なお薬なのね」

それまで虚ろだった母上の目にわずかな輝きが宿る。

クラリスの気遣《きづか》う言葉が嬉しくもあるのだろうな。

母上は硝子の小瓶を手に持ち、ゆっくり　口ずつ薬を飲んでいった。

「……っっっ⁉」

一口、二口、と飲んでいった瞬間、体力が回復していくのが分かったのだろう。

母上は驚きに目を見開き、クラリスの方を見た。

クラリスが一つ頷く姿を見てから、母上もまた一つ頷いて、もう一口、もう二口、ゆっくりと薬を飲む。

青白かった顔色がたちまち血色が良くなり、色濃《いろこ》く浮き出ていた目の隈《くま》も綺麗に消える。しかも
金色の髪の毛も艶《つや》やかになった。

肌《はだ》も何だか若返ったようで張りがある。母上は思わず自分の頰《ほお》をすりすりと触《さわ》っていた。

「まぁ、身体が軽いわ。さっきまで寒気もしていたのに、今はお腹からぽかぽか温かいわ」

「血の巡《めぐ》りがよくなったのですね。体内の毒も無くなっているとは思いますが、念の為寝る前にもう一本、この薬を飲んでください」

クラリスはほっと安堵の笑みを浮かべながら、母上にもう一本万能薬を手渡した。

それを受け取りながら母上はクラリスに尋ねる。

「凄い薬なのね。なんという名前の薬？」

「万能薬です」

「でも今まで万能薬を飲んでも何の効果もなかったのに」

「体力と魔力を回復させる薬のことを皆万能薬と呼んでいるのですよ。この万能薬は魔力と体力の回復だけじゃなく解毒作用もある万能薬なのです」

「まぁ！　じゃあ、この薬こそ本当の万能薬だわ。そんな凄いお薬をあなたが調合したの⁉　……クラリス、あなたは本当に素晴らしいのね‼」

母上は嬉しさと感激のあまり、ベッドの傍《かたわ》らに立つクラリスを思わず抱き寄せた。

「お……王妃様」

「私のことを助けてくれてありがとう、クラリス。そしてごめんなさい。最初はあなたのことを傲《ごう》慢《まん》な娘だと思い込んでいて」

「そういう噂《うわさ》が広がっていましたし、そう思われるのも無理はありません。あまりご自分を責めないでください」

「どうして、あなたのようないい娘が……私は、私は本当に人を見る目がなかった」

そう言ってぎゅーっとクラリスを抱きしめる母上。クラリスは少し苦しそうだけどな。

「私は幸せだわ、あなたのような娘ができて」

「娘？」

「エディーの大切な婚約者だもの。もう、私の娘も同然じゃない」

「……っっ‼」

母上の言葉にクラリスは大きく目を瞠った。

彼女のピンクゴールドの目がしだいに潤《うる》みはじめる。

実母が亡くなって以来、家族からは冷遇《れいぐう》されてきたクラリスにとって、母上の言葉はとても嬉しかったのだろう。

クラリスは泣くのを懸命に堪《こら》えながら、母上に言った。

「本当にご無事で良かったです……王妃様」

◇◆◇

母上のことはクラリス達に任せ、俺はクロノム公爵の待つ会議室へ向かうことにした。

ゆっくり話がしたいと言っていたが、一体どんな話をするのだろうか？

ただの世間話……じゃないよな。

「お待ち申し上げておりました」

会議室の重厚《じゅうこう》な扉の前には執事が立っており、俺の姿を認めると恭しくお辞儀《じぎ》をした。

扉の前に執事……誰も部屋には近づけさせないつもりなのだろうか？

執事の案内で、部屋に通された俺はハッと口を瞠った。

部屋の真ん中には十数人の席は設けられそうな、楕円形《だえんけい》のテーブルが置かれている。

そこにはアドニス＝クロノムと、コーネット＝ウィリアム、それからウィストとソニアも扉の両脇に控《ひか》えていた。

公爵に勧《すす》められ、俺は一番奥《おく》の席に腰掛《こしか》ける。

するとメイドが紅茶と、クッキーが載った皿を運んできた。

長い話になるのかな……？

俺の真向かいの席に座ってから、クロノム公爵は口を開いた。

「たまには若い子達と気軽に話がしたくてね」

「……」

言葉とは裏腹、会議室には微妙な緊張感《きんちょうかん》が漂っていた。

事前に何を言われているのか知らないが、アドニスもコーネットも平静を装っているものの、すこしばかり顔が強《こわ》ばっている。

まぁ、俺じゃなきゃ二人の表情の変化は分からないかもな。

「……」

「……」

「……」

「……」

——おい、誰か、何か喋ってくれ。

もの凄く気まずい空気になってきたじゃないか。

クロノム公爵は頬杖《ほおづえ》をついて、しばらく黙って俺の方を見ていた。

一見、優しそうな眼差しなのに、突き刺すような視線を感じる。本当に何から何まで見透かしたような目だ。

前世、俺の上司だった人が同じような目で俺のことを見ていたことがあったな。

おっと、妙《みょう》に懐かしい気持ちになってしまった。山田部長、元気かな……俺が死んで泣いてくれただろうか？

あまりの気まずさから、前世の上司のことまで思い出してしまったぞ。

ふとクロノム公爵とばっちり目が合った俺は、思わず目をそらしたくなったが、俺は逃げずにクロノム公爵の眼差しをしっかりと受け止めた。

「やっぱり違う」

「え？」

「以前の君は、僕の視線に耐えられなかったのに」

「……」

記憶を思い出す前のエディアルドだったらあり得るな。

世間知らずの若者にとって、百戦錬磨《ひやくせんれんま》の宰相の視線はさぞかし痛かったに違いない。

「王子である以前に、君は従兄妹の子供だ。僕は従伯父《いとこおじ》として君を幼い頃から見守ってきたつもりだ」

「……」

「エディアルド＝ハーディンが婚約者のお陰《かげ》で変わった、と噂には聞いていたけれど、変わったどころじゃない。今の君は僕が知っているエディーじゃない」

訂正《ていせい》。

見透かしたような目で見ているのではない。この人は俺のことを見透かしている。

俺の中にユウキタイチの記憶があることを見抜《みぬ》いているんだ。

クロノム公爵は静かに問いかけてきた。

「ねぇ、今ここにいる君は〝誰〟なの？」

外の雨はより強い雨脚《あまあし》となって大地を打ち付ける。

稲妻《いなずま》の光が窓に差し込んできた。

あっという間に紅茶を飲み終わってしまったが、すぐさま執事がコーヒーを持ってきた。就寝時《しゅうしん》間も近いのにコーヒー……素直《すなお》に喋るまでは帰さない、というあちら側の意思が見え隠れしているかのよう。

アドニスとコーネットは複雑な表情で俺のことを見ている。

ウィストとソニアは心配そうな表情を浮かべていた。

さて、どう説明したら良いのだろう？

この世界が実は小説の世界で、俺の前世はその小説の読者でした……と言うのは、あまりにも荒唐無稽《こうむけい》だろう。小説のくだりは省いて、正直に説明するしかないか。

「事の始まりは、母上主催《しゅさい》のお茶会があった時です。俺は目を覚ましたと同時に、ある記憶が蘇《よみがえ》ったのです」

「ある記憶？」

クロノム公爵は不思議そうに首を傾げる。

他のメンバーも食い入るように俺のことを見ていた。

「前世……つまりこの世界に生まれる前の記憶です」

「ああ、人は生まれ変わるっていうもんね。じゃあ、生まれ変わる前の君はどんな人生を歩んでいたの？」

クロノム公爵は意外にもすんなりと前世という言葉《ワード》を受け入れた。

コーヒーに砂糖とミルクを入れ、ぐるぐるとスプーンでかきまぜる。

俺は少し考えてから前世の職業を説明する。

「あー……そうですね。会社……つまりとある組織の、有能な働き手を見極《みきわ》め、採用する人事を担《にな》っていました」

「なんと人事ですか！　ああ、それで最近になって、エディアルド殿下は気に入らない使用人をやたらに解雇するって悪評が立っていたのですね」

な、何かアドニスが露骨《ろこつ》に嬉しそうな顔をしている。悪評に対するリアクションとは何か違うような……俺は少し戸惑いながらも話を続ける。

「俺は仕事ができない、しない人間を周りに置くつもりはないから噂は正解だ」

「私も仕事をしない人間とできない人間は嫌《きら》いですから、その気持ち良く分かります」

アドニスが嬉しげに共感してくれる。そういや、小説の終盤《しゅうばん》、アドニスが宰相に就いた時、人事を一掃《いっそう》したんだよな。

うん、彼とは何かと気が合いそうだな。

クロノム公爵も俺が前世、人事を選考する役割の人間だったと知るや目をキラーンと光らせた。

う……良い人材見ぃつけたって顔をしている。し、しまったな。前世の仕事については記憶にないって言っておけば良かったか。

「今度、騎士団の人事会議、アドニスと一緒にエディーにも参加してもらおっかな。君の意見も是非聞きたいから」

「いいですね、是非エディアルド殿下の意見も聞きたいです」

クロノム公爵の言葉に、アドニスは嬉しそうに頷いている。

……やっぱり、余計な仕事がきた。この人、俺が一国の王子だってこと忘れているだろ？

クロノム公爵はすました表情でコーヒーを一口飲み、外に目をやった。

「君のことが心配になって来たのかな？　ベランダの外に可愛いお客さんがいるね」

ぎょっとしてベランダの方を見ると、あ……窓の向こうのテラスの手すりにレッドが鳥のようにとまっていた。

外は雨なのに何で？

コーネットがクスクスと笑って言った。

「ドラゴンは耳がいいですからね。殿下がバートンに怒鳴《どな》られていたのを聞いて、心配になって駆けつけたのかもしれませんね」

「すみません。少しの間、中に入れても良いですか？」

「かまわないよ。僕も蛇を飼っているし」

言うが否や、クロノム公爵が着ているジャケットの懐《ふところ》から、蒼《あお》く細長い蛇がにゅっと姿を現す。まるで「呼んだ？」と言わんばかりに首を傾げているように見える。

うん、可愛い顔をした蛇だな……確か、あれは猛毒の蛇だったような気がするんだけど。

俺はレッドを部屋の中に入れてやる。執事がすぐにタオルと、猫用《ねこよう》のベッドを用意してくれた。

ふかふかしたベッドにご満悦なレッドの姿を見ながらクロノム公爵は言った。

「人嫌《ぎら》いだと言われているドラゴンなのに、まるで君を親のように慕っているんだね」

「実際に親がいませんでしたから、この子には俺しかいなかったのだと思います。たとえ自分の角を折った相手だったとしても」

「理由はどうあれ、君はレッドドラゴンを手に入れた。それが何を意味するか分かるかな」

「少なくとも百の軍を手に入れた気持ちではありますね」

「成長すれば千の軍にも匹敵《ひってき》するよね。しかも君はジョルジュ＝レーミオから積極的に上級魔術を習っている」

「ええ、自分の実力を限界まで伸ばしたいと思っていますから」

「うんうん、感心だね。君は王子だけど、最終的には自分の身は自分で守らなきゃいけないからね」

それもあるけどな。俺を守る為に誰かが死ぬようなことがないように、極力自分の身は自分で守りたいと思っているのだ。

「学園でも成績優秀と誉《ほま》れ高いクラリス＝シャーレット侯爵令嬢《こうしやくれいじよう》を婚約者に指名し、ハーディン騎士団実行第一部隊の元副隊長を父に持つウィスト＝ベルモンドを護衛として側に置いている。さらにコーネット君も君にはとても協力的だ。コーネット君が君についたということは、我が息子《むすこ》も自動的に君の味方になる。君は確実に有能な人材を手に入れている」

「……」

俺の行動を逐一《ちくいち》把握《はあく》しているな。

有能な人材はたまたま集まっただけで、ただの偶然《ぐうぜん》です、と言って誤魔化せるような相手じゃないので、とりあえず俺は黙っていた。

「さらに君は国王陛下に軍事の強化を進言していたよね？　ロバート君、男泣きしていたなぁ。第二王子は平和な世の中に軍は不要だと。軍事費の削減を求めていたから余計だよね」

小説でもこの世界でも、ロバートはハーディン王国騎士団の弱体化を嘆《なげ》いていたからな。

クロノム公爵は少し低いトーンで俺に問うてきた。

「軍事を強化してどうするつもりなのかな？　まさか別の国の侵略《しんりゃく》とか考えていないよね」

「それは考えていません。俺が考えているのはあくまで防衛の強化です」

「どこかの国が攻《せ》めてくるってこと？」

「攻めてくるでしょうね……近い将来」

俺の言葉に、その場が水を打ったように静まりかえった。

恐らく、クロノム公爵も予想していなかった返事だったに違いない。

アドニスも少し戸惑った表情を浮かべる。

「僕も国外の動きは注視しているつもりですが、ハーディン王国に侵攻《しんこう》する動きをしている国はまだありません」

「ああ、それはそうだろう。相手は人間じゃないからな」

「「「!?」」」

俺の答えに全員が息を呑んだ。

一体、何を言い出すのだ、と言わんばかりの顔だな。

そういうリアクションになるのも無理はない。

さっきも言ったが、ここが小説の世界だから……という理由を言うわけにはいかないので、俺はそれっぽい理由を述べることにした。

「信じられないかもしれませんが、女神《めがみ》ジュリからの神託《しんたく》を受けました。近い将来、この地に闇が攻めてくる、と」

「闇？」

「魔物の軍勢です」

「――――」

「最初はただの夢だと思っていました。しかし、何度も同じ夢を見るのです。この国が魔物の軍勢に滅《ほろ》ぼされそうになる光景を」

そして俺は物語の内容を、女神の神託に置き換《か》えてこの場にいる面子に話すことにした。

魔族の皇子、ディノ＝ロンダークが、『黒炎の魔女』と『闇黒の勇者』を祭り上げ、さらに国中の魔物達を操り、王都に攻めてくること。

それに対抗《たいこう》できるのは、聖女ミミリアと勇者アーノルドであること。

二人の力は強大だが、その力は不安定であること。

二人が追い詰められた時、初めてその力が発揮されるようになることなど。

「あの馬鹿《ばか》が勇者か……」

コーネット、そんな絶望めいた呟きをするな。

ま、まだ教育しなおせば、何とかなる筈だ。多分。

俺は咳払《せきばら》いをしてからクロノム公爵の方を見た。

「ところで、バートンはテレスのことで何か喋りましたか？」

死んだ方がマシな目に遭いたくない筈だから、ペラペラ喋っているだろうと予想していたが、意外にもクロノム公爵は首を横に振った。

「本人はすごく喋りたい気持ちで一杯《いっぱい》なんだけどね。核心《かくしん》を突くようなことを言おうとすると、もの凄く苦しみだすんだよ」

「え……どういうことです？」

「あれは呪《のろ》いがかけられているね。親族にそんなことするなんて、テレスちゃんの鬼畜《きちく》振《ぶ》りには脱帽《だつぼう》だけど」

呪いだと？

確か呪縛《じゅばく》魔術は小説の外伝で初めて出てきた筈だ。

アドニスがにわかに信じがたい表情を浮かべている。

「呪縛魔術は国内では禁止されている筈です。呪縛魔術を生業《なりわい》とする呪術師だと判明すれば極刑は免《まぬが》れられませんから」

「世界的にも禁止されているけれど、息をひそめて暮らしている呪術師はまだいるからねぇ。我が国では徹底《てってい》的に排除《はいじょ》しているけど、となりのユスティ帝国《ていこく》なんかそういうとこ緩《ゆる》いからねぇ」

「悪女キアラを生んだ国ですからね」

アドニスは眉間《みけん》に皺《しわ》を寄せ、手元にあるコーヒーカップを軽く睨《にら》んだ。

ユスティ帝国。

あの国には伝説の悪女がいる。小説の外伝にも書かれていたし、現実でも史実として歴史書に載っている。

悪女の名前はキアラ＝ユスティ。

先々代の皇帝の妃《きさき》が、我が子を皇太子にする為に、邪魔《じゃま》な人間を悉《ことごと》く殺していったという。この悪女によって関係者が千人以上死んだらしい。

キアラはその時、呪術師を雇《やと》い、関係者に呪いをかけたと言われている。

コーネットがクロノムに尋ねる。

「伝説の悪女キアラ妃のように、テレス妃殿下が呪術師を雇った可能性があるのですか？」

「まぁ呪術師が旅行者を装って国内に入り込むことは可能だからね。私は呪術師ですって名札がついているわけじゃないし」

クロノム公爵はそう言ってコーヒーを一口飲んだ。

一応俺は公爵に確認《かくにん》しておく。

「母上も呪いにかかっているという可能性はないでしょうか？」

「城内の魔術無効は強力だからね。そんな場所で呪いをかけても無駄《むだ》だよ。だから毒殺という方法にしたんだろうけど」

ま、そうだよな。

呪いが自由自在だったら、俺もとっくに呪われているもんな。

「呪縛魔術は上級魔術師クラスの人間は、まずかかることがないよ。魔術は基本、自分の実力と同等か、それ以下の相手にしか効かないから」

「……呪縛魔術の勉強もした方がいいのかな」

俺の呟きに、クロノム公爵はうんうんと頷く。

「そうだね。国内では禁止されているけど、今みたいなこともあるから、知識として知っておいた方がいいとは思うよ」

うーん、禁止されている呪縛魔術について書かれた本が、ハーディン国内にあるかどうかだけどな。クロノム公爵は多少知ってそうだし、何かしらの書籍《しょせき》は持っているかな？　あるいは隣国《りんごく》のユスティ帝国だったら、呪縛魔術の本も置いてあるかもしれないな。

クロノム公爵は顎をさすり、不思議そうに首を傾げた。

「でも、呪術者の居所が分からなければ、国内に呼び寄せることもできない。ユスティでは昔から呪術を生業としている家があるみたいだけど、外交に疎《うと》いテレスちゃんが外国の呪術師の家系を把握しているとは思えないんだけどね」

テレスは国内の貴族に愛想《あいそ》を振りまくのに忙《いそが》しいからな。取り巻きの誰かが入れ知恵《ぢえ》でもしたのだろうか？　テレスの腰巾着《こしぎんちゃく》の面子を思い返してみるが、どう思い返しても太鼓《たいこ》持ちぐらいの才能しかなさそうな人間ばかりだ。

「テレスがユスティ帝国の皇室と繋《つな》がっている可能性も低いか」

俺の呟きにアドニスが答える。

「ユスティ帝国の使者が来ることはありましたが、私や父上が応対していましたし、使者がテレス妃に接触《せっしょく》したという報告は聞いていません」

他国の使者の動きには注視しているアドニスやクロノム公爵のことだから、その点は間違いないだろうな。

「テレスとユスティの繋がりは置いておいて、呪術が解けないとバートンは自供できないということですね」

「それどころか、罪に問うこともできないね。呪術がかけられた人間の証言は認められないというのが我が国の法律だからね。呪いで嘘の証言をさせるのも可能だし、都合が悪い証言をしようとしたら死ぬ呪いがかけられている可能性もあるしね」

クロノム公爵は詰まらなそうに口を尖《とが》らせている……バートンを締め上げる気満々だったみたいだな。

俺は腕を組み天井《てんじょう》を見上げた。

「じゃあ、呪縛魔術を解くのが先決か……魔術無効で解くことはできないのですか？」

「それができたらとっくにバートンの呪いは解けているさ。ウチの敷地《しきち》にも強力な魔術無効がかかっているからね。一度掛かった呪いは簡単には解《と》けない。もし呪いを解きたいのであれば、呪いをかけた術者を捕《つか》まえないとね」

「他の魔術師では解けないのですか？」

「解けないことは無いけど、他人がかけた呪いを解くのは何年も時間が掛かるんだよね」

「そうなると呪いをかけた呪術師を探さないとな。既にテレスに殺されてなければいいが」

「それは大丈夫でしょ、呪術師は貴重だかられ。まだテレスちゃんにとっても利用価値があると思うし。それにバートン君が生きている間は殺したくても殺せないと思うよ。呪術師を殺したら呪いが解けちゃうから」

クロノム公爵の言葉に俺は溜息《ためいき》をつく。

そう簡単にテレスを追い詰めることはできないか。

まさか身内に呪いまでかけるとはな……まぁ、身内も信用していなかったってことなのだろうが。

魔族達が攻めてくる前に、あの女を何とかしたかったんだけどな。

原作では国を守る為に、悪女となったテレス＝ハーディン。

もし、原作通りの女性であれば、今の時点で俺の命を狙ったりはしなかったし、母上に毒を盛るようなこともしなかった筈。原作のテレスは国の害になる者を排除しようとしていたのに対し、現実のテレスはまだ国の害にもなっていない俺や母上を殺そうとしている。

あの女は国のことなど何も考えていない。自分の野望の為に、アーノルドを国王に据《す》えようとしているのだ。

俺は苦々しい表情で呟く。

「魔物の軍勢がここに襲来する前に、アーノルドとミミリアには勇者と聖女の自覚を持ってほしいのだが」

「勇者の母親が毒親では絶望的ですね」

「……」

アドニスの無情な答えに俺はがくりと項垂《うなだ》れる。

コーネットが改めて俺に尋ねてきた。

「魔族は、本当に存在するのでしょうか？」

現在、魔族の姿を見た人物はいないとされている。殆ど伝説のような扱《あつか》いだ。

魔族は見た目人間と同じ姿をしているが、その実体は醜《みにく》い怪物《かいぶつ》だと言われている。

人間よりも体力、魔力が上回り、かつては人間と同じ世界に住んでいた。

ハーディン王国やユスティ帝国があるアノリア大陸と魔族が住むレギノア大陸は内海を挟んで向かい合っていたのだ。

魔族達は自分達の領土を広げる為に、人間達の住む大陸を瘴気で満たし、自分達が暮らしやすい大陸につくり変えようとした。

だが女神ジュリはそれを許さず、魔族が住む瘴気に満ちた大陸を世界の最北端《さいほくたん》に置くことにした。

そして魔族達を人間が住む島や大陸に近づけさせない為、海上に境界線を引いた。

魔族がアノリア大陸を目指そうと境界線に触《ふ》れると、その魔族が乗った船は必ず行方《ゆくえ》不明になる。

また、人間がレギノア大陸を目指そうとしても、その船は行方不明になるという。

アドニスが溜息交じりに言った。

「普通の移動では魔族がこの国に入り込むことはまず有り得ない」

「しかし、数百年に一度、アノリア大陸の侵入に成功した魔族が現れ、魔物を率いて人間に戦争をしかけたというのは史実として書かれている」

俺はアドニスに向かって淡々《たんたん》と答える。

今、アノリア大陸に住む魔物達は神話時代、レギノア大陸に住んでいた魔物の生き残りだ。神話時代から魔族は魔物を操り、人間が住む大地を侵略していったのだ。

女神が大陸を切り離してから、アノリア大陸に取り残された魔族と魔物達もいた。魔族は清浄《せいじょう》な大地では生きることができずに死に絶えたが、魔物は瘴気がなくても生き残ることができた。

もし強力な魔術師である魔族がアノリア大陸に侵入すれば、今森に住む魔物達はたちまち兵士にさせられてしまう。

「次元を越える転移魔術を使いこなす強力な魔族の魔術師であれば、魔物を操るのはたやすいことだ。人間が住む世界にも数百年に一度絶大な力を持つ聖女が誕生している。魔族側にもそういった稀《まれ》な存在が生まれても可笑《おか》しくはない」

実際に小説でディノは転移魔術を駆使し、人間側の世界に侵入することに成功している。まぁ、ここではあくまで一つの可能性として示唆《しさ》しておくことにする。

この場にいる面子は俺の言葉を笑い飛ばさずに聞いていたが、クロノム公爵が不思議そうに尋ねてきた。

「でも、そんな女神の神託を受けていたのなら、何故神官に相談しなかったの？」

確かに普通は神託を受けたのであれば、まっさきに神殿に報告をした方がいいのだろう。あくまで神殿がまともに機能していれば、の話だが。

「神殿側はアーノルドを支持しています。俺がこんなことを言っても信じないでしょうし、信じたとしても〝聞かなかったことにする〟と思います」

「確かにね。下手をしたら、神託を聞いた王子をいなかったことにするかもね」

俺が神託を聞いたというのが公になれば、女神の言葉を第一とする神殿は俺を支持せざるをえなくなる。アーノルド側の貴族とズブズブな関係である神殿側としては、俺が神託を受けたことを信じるわけにはいかない。

それどころか女神の神託を聞いた俺を、何かしらの手を使い亡き者にするかもしれない。

まともな考えの神官であれば、王族相手にそこまではしない。しかし現神官長はテレスの叔父だしな。神殿に在籍《ざいせき》している神官達も欲にまみれ腐《くさ》っているという噂だ。

神殿は絶対に信用してはならない。

それまで穏《おだ》やかな眼差しの奥、鋭《するど》い眼光を称《たた》えていたクロノム公爵だが、その眼《め》の鋭さがふっと消えた。

子供を安心させるような優しい口調で彼は俺に言った。

「よく話してくれたね。一人で抱《かか》えていて大変だっただろう？」

「いえ……まぁ、そうですね。前世の記憶がなかったら潰れていたかもしれません」

何となく今のクロノム公爵からは、身内として俺のことを気遣う優しさが感じられた。

そういえば小さい頃は、宰相の業務の合間に本を読んでもらったことがあったな。

俺は何とも言えないこそばゆさを感じながら頬を掻《か》いた。

クロノム公爵は席を立つと、周りを見回してから言った。

「このことはここだけの話にしよう。アドニス、コーネット君、ウィスト君やソニア君も分かっているよね？」

「「「「心得ております」」」」

四人は示し合わせたかのように声をそろえて言った。

俺の言うことを全面的に信じてくれているかどうかは分からないが、魔族の存在を宰相に認識《にんしき》させたことは大きな収穫《しゅうかく》だ。

クロノム公爵は魔族の動きに注視するようになるだろうから。

「もし魔物の軍勢が攻めてくるのであれば、王城の防御魔術の強度を上げるアイテムを作る必要がありますね」

コーネットの意見にアドニスも頷き、美貌《びぼう》に笑みを浮かべて言った。

「騎士団の強化も必要ですね。その為の人事配置を練りなおさなければなりませんね」

さっそく魔物の軍勢が攻めた時の備えについて、話をはじめるアドニスとコーネットに、俺は嬉しくなった。

彼らが未来に向けて真剣に考えてくれている。

今まで誰にも言えなかった未来への不安、そして重圧が少し軽くなったような気がした。

クロノム公爵はあえて自分の意見は言わずに、そんな俺達を優しい眼差しで見守っている。

アマリリス島にいる間、俺達は魔物達の襲来に向けて、何が必要か、何を準備するか何日もかけて話し合うことになった。

◇◆◇

母上はクラリスが作った万能薬を飲んだことで、すっかり体力を取り戻した。

しかも気のせいか、一回り若返っているように見える。万能薬が美容にも効果があると知られたら、どんなに高くても貴族の女性の間で飛ぶように売れるな。

しかしテレスには、クロノム公爵の指示で〝予定通り、王妃は衰弱《すいじゃく》している〟とバートンの手紙で報告していた。

秋休みが終わってからもしばらくの間、母上はアマリリス島に留まるつもりだ。

「王妃様、このお茶は薔薇《ばら》の良い香《かお》りがしますね」

お茶を一口飲んだクラリスは頬を上気させる。

そんな彼女の反応に、母上はコロコロと笑う。

「うふふふ、薔薇のお茶なのよ。美容にも良くて私もよく飲んでいるの」

「飲んだらとても落ち着きますわね」

デイジーも薔薇のお茶を飲んで、ほうっと幸せそうに息をつく。

ソニアもドレスに剣帯という相変わらずの出《い》で立ちで、共にお茶を飲んでいた。

元気になった母上は、事あるごとにお茶会を開きクラリス達を誘《さそ》うようになった。

今までベルミーラの言葉や、噂に惑わされてクラリスのことを誤解していた母上だけど、ここに来てからはクラリスの優しさや聡明《そうめい》さを目《ま》の当たりにし、彼女への見方が完全に変わったみたいだった。

「トニス共和国の大統領とはお友達なの。だけどいつも〝あなたが心配だ〟って言っていたわ。今考えると、私が友人と称していた人達に良いように利用されているのを見て、気を揉《も》んでいたのね」

「トニス国の大統領とは仲が良いのですね」

クラリスの問いかけに母上は頷いた。

「ええ。私が唯一《ゆいいつ》トニス語を話せるから、頼《たよ》れる相手が私しかいなかったというのもあるのだけど」

トニス共和国はハーディン王国やユスティ帝国があるアノリア大陸とは違う大陸にあるので、言語が違う。

母上はそういった国の言葉を喋ることができる。しかも親しみやすいので、諸外国の王族や貴族からはとても人気がある。

俺も海外の人間と外国語で話している母上を見ていると、何処《どこ》の才女だって思うことがある。

そう、あのクロノム公爵の従兄妹だけに、母上は学生時代、才媛《さいえん》と誉れ高かった。特に言語学に長《た》けていて、外国語は半年もあればすぐにマスターしてしまうくらいに天才的だった。

言語学にずば抜けて秀でている分、人との付き合い方、駆け引きには疎くなってしまったのかもしれないけどな。

それまで薔薇のお茶をゆっくり飲んでいたクロノム公爵は、穏やかな口調で母上に言った。

「前にも言ったよね？　友達の選別はしたほうがいいって」

「ええ」

「エディーの為にも、真剣に考えないと駄目《だめ》だよ。友人を手放したくない気持ちは理解できるけど、だけどそれに拘《こだわ》ることで、エディーが窮地《きゅうち》に追い込まれる可能性があることも考えるんだよ」

「……」

母上は俺の方を見た。何とも言えない、申し訳なさそうな顔をしている。

俺の言葉よりも友人の言葉を聞き入れてしまっていたことに罪悪感を抱いているのだろうな。

まぁ、正直俺の言葉を信じてもらえなかったのには苛立《いらだ》ちを覚えたけれども、記憶が蘇る前の俺の行動を考えると仕方がない。俺は確かに愚《おろ》かだったし、頼りない息子だったから。

「エディーにも同じことを言われたわ」

「うん」

「いつの間にか私を叱《しか》るくらい成長していて驚いたわ。それだけ私が不甲斐《ふがい》なかったのかもしれない」

「……」

俺はその時、それまで穏やかだった母上の目が何かを決意したような強い眼差しに変わったのを見たような気がした。

「これから何かと兄様に相談することになるかもしれない。私はテレスのように頭の回転が速くないし、エディーのように人を見る目もないわ」

「エディーは確実に優秀な人材を手元に置いているからね。特にデイジーの優秀さを見抜くとは、人を見る目は人一倍あると思うよ」

「まぁ！　エディーを褒《ほ》めているようで、デイジーを褒めているじゃない。オリバー兄様は相変わらず娘が可愛いのね」

可笑しそうに笑う母上に、クロノム公爵は子供のように得意げな表情をうかべる。

「可愛いだけではない。僕の娘は僕に似て本当に優秀なんだから」

「デイジーだけじゃなくて、アドニスのことも褒めてあげないと」

「あいつは全然可愛くない」

……別のお茶席で、アドニスがくしゃみをしているな。

そんな感じで、お茶会は和やかな時もあれば、時に真剣に議論する場にもなっている。

クラリス達もまじえ、魔族の襲来に備えた話し合いもすることになった。

俺が女神の神託を受けていたことには、クラリスも驚いていたけどな……さすがにまだ彼女にも、この世界が小説の世界かもしれない、とは言えない。

いつか本当のことが言えたらいいのだけど。

◇◆◇

その日俺は気分転換《てんかん》に夜の庭を散歩していた。

夜空を見上げると、無数の星が瞬《またた》いている……こっちの世界にも天の川はあるのか。

前世では、こんな綺麗な夜空を見たことは無かったな。

煉瓦《れんが》敷《し》きの小道をしばらく歩いていると、小高い丘《おか》の上に海が見渡せそうな展望台があった。

展望台に上ると、そこには白いベンチがあって、満天の星と海が同時に見渡せた。

……ん？

ベンチには誰かが座っている。

さらっと揺《ゆ》れる紅色の髪が月明かりで艶めいているように見えた。

——一瞬、俺は幻《まぼろし》を見ているのかと思った。

それくらい、婚約者クラリス＝シャーレットの横顔は美しすぎた。

俺の気配に気づいたのか、振り返るクラリスはいつも以上に幻想《げんそう》的な存在に見えた。

思わず俺は走り寄り、彼女を抱きしめる。

一瞬、彼女が消えてしまうんじゃないか、という恐怖《きょうふ》に駆られたのだ。

ここは俺が読んでいた小説の世界。今生きている世界が実は夢で、いつかその夢は覚めてしまうのではないか？　と思えたのだ。

「え……エディアルド様？」

「良かった。君はちゃんと生きている」

彼女の温《ぬく》もりが伝わってきて、俺は安堵する。

不思議そうにこちらを見上げてくるクラリスを俺はもう一度抱きしめた。

俺は君を失いたくない……頼《たの》むから、俺の目の前から消えないでほしい。

「エディ――」

もう一度俺の名前を呼ぼうとしたクラリスの唇《くちびる》を俺は塞いでいた。

今度は唇越《ご》しに温もりが伝わる。

クラリスはしばらくの間、驚いたように身体が硬直《こうちょく》していたけれど、やがて俺の背中に手を回してきた。

俺は一度唇を離してから、クラリスに囁いた。

「クラリス……俺は自分が考えている以上に君のことが好きみたいだ」

「エディアルド様」

「好きだ、クラリス」

もう一度抱きしめて、キスをした。

最初は彼女を有能な人材として自分の側に置こうとした。生き残る為のビジネスパートナーのように考えていたけれど、今は違う。

逆風にめげずに懸命に生きていこうとしている君が凄く愛《いと》しい。

「私もです、エディアルド様」

小さな声で俺の想《おも》いに応《こた》えてくれるクラリス。

ああ……何て可愛いんだ。

俺はもう一度キスをする……今度はもっと深いキスを。

日に日に自分が欲張りになっているのが分かる。キスだけじゃ足りなくなっている自分がいる。

早くクラリスと結婚したい。結婚して彼女の全《すべ》てを手に入れたい。

クラリスと共に幸せな人生を歩む為にも、俺はこの国を守らないといけない。

第四章　苛立《いらだ》ちの第二側妃《そくひ》

◇◆テレス視点◆◇

……忌々《いまいま》しい……何て忌々しいの‼

私は思わず手に持っていたグラスを叩《たた》き割った。苛立ちが止まらない。

その様子に側《そば》に控《ひか》えるメイド達《たち》はぶるぶると身体《からだ》を震《ふる》わせ、秘書である青年もちらちらとこっちの顔色を窺《うかが》っている。

ああ……クラリス＝シャーレットをこちらに引き込《こ》む予定だったのに。

割れたワイングラスをさらにヒールで踏《ふ》みつけてやる。秘書やメイド達はますます身震《みぶる》いをする。

私は大きく息をついた。

ミミリアといい、ナタリーといい、何故《なぜ》、あんな阿呆《あほ》な娘《むすめ》ばかりがあの子に言い寄るのか。それに……エディアルド。く……っ、あの生意気な顔を思い出すと、腸《はらわた》が煮《に》えくりかえる。

まるでこちらの思惑《おもわく》を見透《みす》かしたかのような視線。

私も社交界であらゆる人間と接し、その人柄《ひとがら》を見てきたわ。だから目つきを見ればその者が愚《おろ》か者かどうか見分けることができる。

中には愚か者を演じるのに長《た》けた人物もいるけれど、以前のエディアルドはあんな目つきではなかった。

アーノルドばかりを褒《ほ》め称《たた》える貴族達の声に悔《くや》しそうにしながらも、それに反論する勇気も無く、迷子の子猫《こねこ》のような目で周囲を威嚇《いかく》していた。

先日の舞踏会《ぶとうかい》も、いくら婚約者《こんやくしゃ》のクラリスが参加するからといって、まさかエディアルドまで来るとは思わなかったわ。

アーノルドの舞踏会に参加すれば、自分がどんな屈辱《くつじょく》に晒《さら》されるか分かっているでしょうに。だから間者のカーティスを使いクラリスが城に到着《とうちゃく》する前にエディアルドを会場に呼び寄せた。周りの貴族達がエディアルドに嘲笑《ちょうしょう》や侮蔑《ぶべつ》の言葉を投げつければ、クラリスが到着する前に憤慨《ふんがい》して帰るだろうと踏んだのよ。

でもエディアルドは、周囲の言うことなど何処《どこ》吹《ふ》く風。

やっとこちらの思惑通り会場を出ていってくれたかと思いきや、クラリスをエスコートして舞《ま》い戻《もど》ってきた。

それでも何とかしてエディアルドから引き離《はな》し、アーノルドと婚約するようクラリスに迫《せま》った。

多くの貴族女性達が、喉《のど》から手が出るほど欲しがったアーノルドとの婚約。聡《さと》い彼女《かのじょ》であれば、今、どちらの王子が優勢かすぐに分かる筈《はず》。そう思っていたのに、クラリスは何の迷いもなく私の誘《さそ》いを断ってきた。

最初は聖女という恋人《こいびと》がいるから、遠慮《えんりょ》しているのかと思っていたわ。実際、本人も「聖女を差し置いて王妃《おうひ》にはなれない」という理由で断ってきたから。

でも、こちらがどんなに良い条件を出しても、彼女はまるで良い反応を示さない。

それどころか、時々、不快そうな表情すら浮《う》かべていた。

その場を退席し、エディアルドと共に立ち去ろうとしていたクラリスを引き止めたのは、アーノルドだ。

息子《むすこ》はクラリスのことを嫌《きら》っているとばかり思っていたから予想外だったわ。

今をときめく第二王子の告白を断る令嬢《れいじょう》などいないだろう。私は内心息子に拍手《はくしゅ》を送っていたわ。

だけどクラリスは先程《さきほど》と同じように、何の迷いもなく告白を断った……いや、断るどころか、あれは拒絶《きょぜつ》されていた。

今や王太子の有力候補。容姿も端麗《たんれい》で、文武両道。そんなアーノルドに一体何の不満があるというの⁉

分からない……クラリス＝シャーレットという人物が全く理解できない。何から何まで、私とは考え方が違《ちが》う。

しかもエディアルドは、クラリスに想《おも》いを告白したアーノルドに対し、特に激昂《げっこう》することもなく、まるで父親が息子に言い聞かせるかのように、こう言ったのだ。

『アーノルド、欲張らないでミミリアだけを愛してやれ。彼女を一途《いちず》に愛することで、聖女の力は初めて発揮されるのだから』

とてもじゃないがアーノルドと同い年の若者が言った台詞《せりふ》とは思えない。大人の余裕《よゆう》と貫禄《かんろく》があった。

何がエディアルドを変えたのか分からない。社交界ではクラリスのお陰《かげ》、と言われているけど、エディアルド自身、根本的な何かが変わっているような気がして仕方がない。

いずれにしても、邪魔《じゃま》であることは確かだわ……。

エディアルド＝ハーディンの存在が脅威《きょうい》に変わったのは国王謁見《えつけん》の時。

本来自分の母親が座《すわ》る国王の隣《となり》に私が座っていたら、今までの馬鹿《ばか》王子であれば必ず激怒《げきど》し、罵倒《ばとう》する筈だった。けれどもエディアルドは私と目が合ったにも拘《かかわ》らず、まるで意に介《かい》することもなく、国王陛下に挨拶《あいさつ》をした。

アーノルドを苛《さいな》み、四守護士に怪我《けが》を負わせたことを国王や他の貴族達が問いただしてきても悉《ことごと》く論破し、その上将軍、宮廷魔術師《きゅうていまじゅつし》長や宮廷薬師《くすし》長の好感度を上げた。

しかもエディアルドは、王妃と共に旅をしたいと申し出てきた……メリアには定期的に毒を摂取《せっしゅ》させているのに。今、城から出られたら困るのよ。

その場で反対したものの、クロノムの援護《えんご》もあって、エディアルドはメリアのアマリリス島行きの許しを国王陛下に取り付けた。

……慌《あわ》ててバートンを同行させることにしたから、毒はまだ服用している筈だけど、本当に小賢《こざか》しい子。

テーブルの上には、先程届いた一通の手紙が置いてあった。

メリアの元に送った主治薬師、バートンからの報告だ。

手紙によると、今のところメリアは順調に死に向かっているみたいね……バートンの存在があの狸《クロノム》に見つかるのは時間の問題だとは思うけど、メリアは私の言葉を信じ切っているからあの薬師を必ず庇《かば》い通す筈よ。

自分を殺そうとしている薬師を必死に庇おうとするメリアの様子を想像すると、可笑《おか》しくてたまらないわ。万が一、事が露見《ろけん》してもバートンには呪《のろ》いをかけてある……ふふふ、私の余計な記憶《きおく》も時には役に立つことがあるのね。

上手《うま》くいけばメリアとクロノム公爵《こうしやく》の間に亀裂《きれつ》を生むことができる。あと邪魔なのはエディアルドだけど、バートンにはメリアをアマリリス島に連れてきた責任を問い詰《つ》めるよう言い含《ふく》めておいた。今のエディアルドがバートンの言うことを素直《すなお》に聞き入れるとは思えないけど……本当に憎《にく》たらしい子だこと。

その時扉《とびら》を叩く音がした。

どうやら呼びつけた客人が此処《ここ》に来たようね。

私は手紙を置いてから、テーブルの上に置いてある扇子《せんす》を手に取った。

「入りなさい」

扇子で掌《てのひら》を軽くパチンと叩く。

丁度、この苛立ちを解消してくれそうな玩具《がんぐ》が来てくれた。

侍女《じじよ》に案内され、入ってきたのは、ビルゲス＝シャーレット侯爵《こうしやく》と……一緒《いつしよ》に来ている彼《かれ》は執事《しつじ》かしら？　どうやら一人で来るのは怖《こわ》くて連れてきたみたいね。

私はちらりと俯《うつむ》く執事を見る。あら、わりと端整《たんせい》な顔ね。年の頃《ころ》は五十代前半くらいかしら？　昔はさぞ女性に言い寄られていたのでしょうね。

ただ、執事の顔……どこかで見たことがあるわ。どこだったかしら？　初対面の筈なのに、初対面じゃないような気がするのは気のせい？　誰《だれ》かと雰囲気《ふんいき》が似ているのよね。

一体誰と？

こういう時、すぐに顔が思い出せるのだけど、駄目《だめ》ね……お酒で頭が回っていないみたいね。

ふう、と息をついてから私は立ち上がった。

シャーレット侯爵と執事は同時に私の前に平伏《ひれふ》す。

「よく来たわね、ビルゲス＝シャーレット侯爵」

「『王国の薔薇《ばら》』と誉《ほま》れ高いテレス妃殿下《ひでんか》にご挨拶申し上げます」

「薔薇だけじゃないわ。『紅き薔薇』よ」

「……っっ‼」

極簡単な挨拶をしくじるビルゲスには笑うしかないわね。コレが本当にあのクラリスの父親？　娘は私に物怖《ものお》じせず、堂々と挨拶をしていたのに。

でもピンクゴールドの目の色は間違いなくクラリスと同じもの。鼻の形など部分部分は似た所があるので、残念ながら本当の親子なのでしょうね。

「頭の中身は母親に似て良かったわ」

「今、何と？」

「ふふふ、何でもないわ」

間抜《まぬ》けなシャーレット侯爵の顔は面白《おもしろ》いわね。

執事はそんな主《あるじ》に苦々しい顔をしているけど……あら？　横顔、誰かに似ていると思ったら、〝あの娘〟に似ているのね。

まぁ、今は執事の顔のことは置いておいて、話を進めないとね。

「私、事務作業という仕事が嫌いなの」

シャーレット侯爵も執事もチラッと秘書を見た。どうせ、秘書にやらせているのだろうとか思っているのでしょう。うふふ、その通りだけど。

私は扇子をパチンと閉じると、それでシャーレット侯爵の涼《すず》しそうな頭をぱしぱしと叩いた。

「先日の舞踏会の招待状、三回書いたのよ？　だって何回書いてもナタリー＝シャーレットを舞踏会に行かせるって返信しか来ないんだもの」

「く、クラリスは舞踏会には相応《ふさわ》しくない乱暴な娘だったので……」

震えた声で弁明するシャーレット侯爵に、私は口元を扇子で隠《かく》して笑いをかみ殺す。

「うふふ、今度は傲慢《ごうまん》じゃなくて乱暴な娘になったのね。コロコロと人格が変わるのねぇ、あなたの娘って」

「い、いえ、それは……」

「あなたにとってナタリーは余程可愛いようね。クラリスを押《お》しのけて、ナタリーを私に勧《すす》めてくるなんて」

「ち、違います。押しのけたわけではございません！　クラリスがテレス妃殿下に失礼をしたらいけないと思いまして」

「あらあら、舞踏会のこと、ベルミーラからは聞いていないのね。あなた」

私の口調は冷ややかなものになる。シャーレット侯爵は戸惑《とまど》ったようにこちらを見上げている。

執事も首を傾《かし》げているわね……あの女、自分の都合が悪いことは家族に何一つ報告していないのね。

「手紙を三度書いた時点で不審《ふしん》に思ったから、私の配下にクラリスの様子を尋《たず》ねてみたわ。彼女は招待状のことは一言も言っていないし、舞踏会のことも話題にしていなかったって。それで招待状は彼女の元に届いていないことが分かったの。いくらあなたが舞踏会に相応しくない娘だと判断したとしても、私が書いた招待状は本人に渡《わた》すべきじゃなくて？」

「あ……いや……その」

私が畳《たた》みかけるように言うと、シャーレット侯爵は情けない程に慌てふためき、うまく言葉が出てこない。

助けを求めるかのように、ちらちらと執事の方を見ている。

お前が何とか言い訳しろ、という心の声が顔に出ているわね。

「それでもナタリー＝シャーレットが素晴《すば》らしい淑女《しゆくじよ》だったら目をつぶっていたわ。もしかしたらクラリス以上の人間かもしれないと期待していた部分もあったわね。ところがあなたご自慢《じまん》のナタリーは、想像以上に礼儀《れいぎ》がなっていない娘だったわ。あれが舞踏会に相応しい娘？　笑わせないで頂戴《ちようだい》‼」

私がバシンッと禿頭《とくとう》を叩きつけてやると、シャーレット侯爵は「ひっ」と小さな悲鳴をあげる。

「本当に、クラリス＝シャーレットを逃《のが》してしまったのは、大きな痛手だわ」

「あ、あの娘は大した娘ではありません。確かに外面《そとづら》はとても良いかもしれませんが」

「ビルゲス＝シャーレット、あなたの脳味噌《のうみそ》では、娘を評価するのは難しいみたいね」

本当に哀《あわ》れな男。どっちの娘が優《すぐ》れているのか、誰が見ても一目瞭然《いちもくりようぜん》なのに。

シャーレット侯爵は何を言われているのか分からない、と言わんばかりに首を傾げている。

「元々、エディアルドと聖女の参加で私の計画は狂《くる》ってしまっていたの……そこにナタリーとベルミーラが舞踏会を荒《あ》らしてくれたのだから。温厚《おんこう》な私だっていい加減、堪忍袋《かんにんぶくろ》の緒《お》が切れたわ」

「ベルミーラとナタリーがそんなことする筈が……ほごっっ‼」

反射的に口答えをしてきたシャーレット侯爵の頬《ほお》を、今まで以上に強く扇子で叩いたわ。豚《ぶた》は口答えしないものよ？

シャーレット侯爵は、腫《は》れた頬を涙目《なみだめ》で押さえる。

「私に三度も手紙を書かせたのだから、ナタリーは余程立派な淑女かと思っていたら、全く違うじゃない。あんな空気すら読めていない小娘《こむすめ》の為《ため》に三度も手紙を書かされたのが腹立たしいのよ！」

「……っっ！」

今度は高いヒールで、シャーレット侯爵の後頭部を踏みつけた。床《ゆか》に顔を押しつけられた侯爵はうまく返事ができずにいる。

うふふ、豚が苦しげに呻《うめ》いている姿だけは面白いから褒めてあげるわ。

その時執事が頭を床に付くぐらいに下げて訴《うった》えてきた。

「全《すべ》ては秘書が指示したことです！　旦那《だんな》様は何も知らなかったのです」

「まぁ、秘書の所為《せい》にするつもり？　とはいえ主人を庇うなんて大した忠誠心ね」

主に非がないことを主張しておかなければ、自分の身が危ないというのが本音でしょうけど。

私はシャーレット侯爵の頭を蹴《け》ってから、執事の元に近寄った。

「あなた、近くで見ると端整な顔ね。お名前は？」

「トレッド＝ゴードンと申します」

「そう」

もう少し若かったら、私の専属執事にしても良かったわね。

執事のトレッドの顎《あご》を扇子の先で、テコのように持ち上げる。

あらあら、やっぱり。よく見たら〝あの娘〟と目の色が同じ。それに口元も似ているわね。

「あなたの顔を見て確信したわ……そういうことだったのね。ナタリーは母親似だけど、目の色はあなたと同じだわ」

「……!?」

執事のトレッドは顔面を蒼白《そうはく》にし、目を見開いた。

分かりやすいくらいに狼狽《ろうばい》しているわね。額からは滝《たき》のような汗《あせ》が流れているわ。

その様子だと図星みたいね。私ね、人を観察する時って目をよく見るの。目は口ほどに物を言うって言うじゃない？

私はシャーレット侯爵には聞こえないよう耳元で執事に囁《ささや》いた。

『私の実家にもあなたみたいな人がいたわ。忠実な執事を装った侵略者《しんりやくしや》が』

「……」

『侵略者は私の父によって酷刑《こつけい》に処されたけど、あなたはどうなのかしら？』

「……っっっ‼」

全身の冷や汗により寒気を感じるのか、ぶるぶると震える執事に対し、私はさらに声を潜《ひそ》めて言った。

『安心して。このことは内緒《ないしよ》にしてあげる。その代わり、私の言うことを何でも聞きなさい。クラリスが実家に戻ったら、彼女を監禁《かんきん》してでもエディアルドから引き離すのよ』

「し、しかし」

『あら、私に口答えする気？』

「………いいえ」

執事は力なく頷《うなず》くことしかできなかった。

私は一度立ち上がり、クスクス笑いながらシャーレット侯爵に言った。

「あなたも可哀想《かわいそう》ね。こんな男が執事だったなんて」

「え……？　うちの執事が何を？？」

「うふふふ、何でもないわ」

馬鹿に何を言っても無駄《むだ》だったわね。

私は閉じた扇子の先端《せんたん》で、怖々と顔を上げるシャーレット侯爵の額をぐりぐりと押さえつけた。

そして痛みに涙ぐむシャーレット侯爵に迫った。

「とにかく次回からは招待状はクラリスに渡すようにね。それからあなたの口からも、ちゃんとクラリスを説得するのよ。エディアルドとの婚約を破棄《はき》し、我が子アーノルドの元へ嫁《とつ》ぐようにと」

国王の第二側妃として私は二人に命じたのだけど。

シャーレット侯爵は深々と頭を下げながらも、その表情は悔しげなものだった。

何故、ナタリーではなくクラリスなのか？　と言わんばかり。その気持ちは執事も同じみたいね。

無理もないわ、できれば自分の実の娘を王室に嫁がせたいものね。

この二人に圧力をかけて、クラリスにアーノルドの元に嫁ぐよう説得させるつもりだったけど、これじゃ使えそうもないわね。

むしろクラリスさえいなくなれば、ナタリーがアーノルドの婚約者になれる……くらいには考えてそうよね。そうなると、邪魔なクラリスを殺そうとするかしら？　さすがにシャーレット侯爵にはそこまでの度胸はなさそうだけど、後ろに控える執事は何をするか分からないわね。
身の程知らずな野心家ほど始末に負えないものはないわ。
ま……後は知らない。
クラリス＝シャーレットが小物二人に殺されるようだったら、彼女はそれまでの人間。
王族なんて常に命を狙《ねら》われる存在だもの。
惰弱《だじやく》な娘はいらないわ。

第五章　魔族《まぞく》の皇子

◇◆クラリス視点◆◇

秋休みが終わる直前まで、私はクロノム家の別邸《べってい》で過ごすことになった。

コーネット先輩《せんぱい》を中心に魔術《まじゅつ》の勉強会、密林のダンジョンを探索《たんさく》したり、デイジーと共に薬を作ったりと、充実《じゅうじつ》した毎日。

もちろんせっかく南国に来たのだから、海で遊んだりもした。

ビーチパラソルはないけれど、クロノム家の使用人達が慣れた様子で、屋根付きのテントを張ってくれて、その下にソファーやテーブルを設置。アフタヌーンティーの用意までしてくれるという、前世では味わえないセレブな一時を過ごすことができた。

一方で、エディアルド様は、アドニス先輩やコーネット先輩と共に、クロノム公爵《こうしゃく》と色々話し込《こ》むことが多くなった。

彼《かれ》らが会議をする間は、私達も王妃《おうひ》様を囲んでお茶会をしていた。主に王妃様と国王陛下の馴《な》れ初《そ》め話に花を咲《さ》かせていたのだけど、話の随所《ずいしょ》で貴族同士の人間関係や外交絡《がら》みの情報を聞くことができたので、かなり有益な時間となった。

お母様を失って以来辛《つら》い日々だった私にとっては、秋休みは信じられないくらいに楽しかった。

デイジー＝クロノム。

ソニア＝ケリー。

ウィスト＝ベルモンド。

コーネット＝ウィリアム。

アドニス＝クロノム。

小説では全員クラリスの敵だったのに、こんなに仲の良い友達《ともだち》になるとは思わなかった。

アマリリス島で寝食《しんしょく》を共にしてよりお互《たが》いのことを知るようになって、今やかけがえのない大切な仲間であると意識するようになった。

そんな秋休みも残るところあと二日。

私はアマリリス島から直接寮《りょう》に戻《もど》ることにした。

あんな実家に帰るつもりなんか更々《さらさら》なかったから。

クロノム家の馬車に学校の門まで送ってもらった私は、両手に沢山《たくさん》のお土産《みやげ》を抱《かか》えて第二の我が家に向かう。

スーザンやケイト達はもう寮に戻っているかな？　お土産に南国のフルーツを持って帰ってきたけど、喜んでくれるだろうか？　今度トロピカルフルーツのパイを作るのもいいわね。

寮の入り口まで来た時、私は足を止めた。

シャーレット家の護衛達が私を待ち構えていたのだ。

いつも私のことを無視していたシャーレット家専属の騎士《きし》達。だけど今は、何故《なぜ》か縋《すが》るような目でこちらを見詰《みつ》めている。

「お帰りなさいませ、クラリス様」

「お待ちしておりました、クラリス様」

「今すぐにご実家にお帰り下さいませ。旦那《だんな》様が倒《たお》れたのです」

お父様が倒れた？

一瞬《いっしゅん》、ズキっと胸が痛んだ。

あんな父親でも胸が痛むって……自分でも嫌《いや》になるわね。

あの人は私が倒れたって、見舞《みま》いにも来なかった。私が熱で苦しんでいる時も、ナタリーとベルミーラお義母さまと共に、楽しそうに観劇に出掛《でか》けていったじゃない。

あんな父親、倒れたところで知ったことではない。

私がそっぽを向くと、護衛の一人が批難してきた。

「ち、父親が倒れたのにそのような態度をとるとは」

「ええ、娘《むすめ》が倒れた時も知らん顔していた父親の娘ですから」

「……っっ‼」

嫌味《いやみ》混じりに言い返す私に、護衛は閉口する。

何も言い返せないわよね？

あなた達だって私の存在を無視してきたのだから。

護衛の一人が、上目遣《うわめづか》いでこちらを見ながら切実な口調で訴《うった》えてきた。

「旦那様はクラリス様にどうしても渡《わた》したいものがあるそうです。あなたのお母様の手紙と、形見であるペンダントを」

「……………」

お母様の手紙？　そんなものがあったのかしら。だけど私に隠《かく》していた可能性はあるわよね。

形見のペンダントは、換金《かんきん》せずに私がクローゼットの奥《おく》に大事に仕舞《しま》っていた。

だけど、家捜《やさが》しでもしたのか、ある日ベルミーラお義母さまに見つけられてしまった。

返してほしい、と訴えても「これはベルミーラの方が似合う」と言って、父は取り合ってくれなかった。

ベルミーラお義母さまはそれ以来、何かにつけて私に見せつけるように、そのペンダントを身に着けるようになった。

何で、今更になって……。

「……分かりました。荷物を部屋に置いてから、あなた達と共に参ります」

そう言うと、護衛達は安堵《あんど》したようだった。

私を連れてこないと、相当な罰《ばつ》を受けると脅《おど》されているのね。

護衛達を外に待たせ、私はひとまず荷物を持って寮の中に入った。

するとドア越《ご》しに一部始終を聞いていたのであろうスーザンが、心配そうに私のことを待っていた。

「クラリス様、ご実家にお帰りになるのですか」

「ええ……父が倒れたらしいので」

「クラリス様がご実家からどのような仕打ちを受けてきたか……クラリス様の出《い》で立ちや普段《ふだん》の様子を見ていたら想像がつきます。どうかお帰りになるのは留《とど》まってくださいませ」

「スーザン様……」

ケイトをはじめ、他の寮生達も私の周りに集まってきて、帰るのは止《や》めた方が良い、ここに留まった方が良い、と引き止めてくる。

「クラリス様のお陰《かげ》で私はものを作る楽しさを知りました！」

「クラリス様に頂いたお薬のおかげで、怪我《けが》を治していただきました」

「クラリス様が優《やさ》しくして下さったお陰で私は寮生活に馴染《なじ》めました！」

それぞれ自分の思いを口にする令嬢《れいじょう》達に私は胸が熱くなった。

そんな……私は大したことをしていないのに。

できるだけ楽しい寮生活を送りたい、そんな気持ちで皆《みな》と接してきただけだ。

「皆さん、ありがとうございます。ですが、どうしても取り戻したいものがあるのです」

「先程《さきほど》聞こえました……お母様の形見なのですね」

スーザンの言葉に私は頷《うなず》く。

「ええ、唯一《ゆいいつ》残った母の思い出の品なのです。それにあんな父親ですが、最後ぐらいは看取《みと》ってやらないと、私の気分が晴れませんから」

スーザンは悔《くや》しそうに唇《くちびる》を噛《か》みしめる。

だけど私の気持ちを汲《く》み取ってか、それ以上引き止める言葉は口にしなかった。

代わりに声を潜《ひそ》めて私にだけ聞こえるよう語りかけてきた。

『分かりました。ですが、このことはエディアルド殿下《でんか》にお伝えします。良いですね？』

『殿下には心配かけさせたくな……』

『それを了承《りようしよう》しなければ、私はここから一歩も動かないことにします』

スーザンが両手を広げ、出入り口のドアを塞《ふさ》ぐ。

ここから一歩も動かないという決意の表情に私は一瞬息を呑《の》んだ。

お父様が倒れたという知らせに少なからず動揺《どうよう》していて、正常な判断ができていなかったかも。

スーザンの言う通り、万が一のことを考えてエディアルド様には連絡《れんらく》をしておいた方がいいわよね。

私は王族の婚約者《こんやくしゃ》だ。もう勝手な行動が許される身分じゃないのだから。

『分かりました。スーザン様、エディアルド様にこのことを伝えてください』

『お任せを。ただちに学園内の警備部から騎士達をお借りして、王城へ参りますわ』

言うが否《いな》やスーザンはバンっと扉《とびら》をあけ、寮を出ていった。外で待っているシャーレット家の護衛達は走り出す令嬢の姿を何事かと見送っていた。

フットワークが軽い令嬢だったのね、スーザンって。

「クラリス様、どうかお気を付けて」

「早く帰ってきて下さいませ」

「そこの護衛の皆様、クラリス様を無傷でお送りするのですよ？　もし怪我をさせたら承知しませんわよ！」

女子寮に住む令嬢全員に睨《にら》まれ、護衛達は肩《かた》を縮《ちぢ》こませていた。

私は寮の皆に心配そうに見送られながら、シャーレット家の馬車に乗って実家へ向かうことになった。

◇◆◇

久々に戻ってきた実家は以前より寂《さび》れていた。

空がどんより曇《くも》っているのもあって、屋敷《やしき》の廃《すた》れ具合が際立《きわだ》って見える。

庭園が雑草だらけで荒《あ》れている……庭師は何をしているのかしら？　もしかして人件費削減《さくげん》の為《ため》に、庭師を解雇《かいこ》した？

正面玄関《げんかん》の扉を開けると、ぎぎぎっと音が響《ひび》く。

ロビーの窓も拭《ふ》けていないし、床《ゆか》も埃《ほこり》だらけ、廊下《ろうか》の窓は鍵《かぎ》が壊《こわ》れているのかきちんと閉まっていないし、ドアの蝶番《ちょうつがい》はキーキー鳴るし。

屋敷のメンテナンスをしてくれていた使用人も辞めさせたみたいね。

もちろん私が帰ってきたところで出迎《でむか》える人はいない。私は自分の存在を消しつつも、そっと自室に入った。

一応、ドアの鍵は閉めておこう。

周囲を見回すと相変わらずボロボロの部屋ね。くすんだ天井《てんじょう》、穴あきのソファー、このギシギシのベッドも久しぶりだ。

私はベッドの上に寝《ね》っ転がる。

何だか疲《つか》れたわ……こんな家でもやっぱり幼い頃《ころ》から住んでいた部屋だから安心するのかしらね。

旅の疲れも手伝い、私はついうとうとと眠《ねむ》りに落ちてしまった。

ドンドンッッ‼　ドンドンドンドンドンドンドン‼

忙《せわ》しないノックの音に、しばらく微睡《まどろ》んでいた私はパチッと目を覚ました。

訝《いぶか》しく思ってドアの鍵を開けると、メイドがずかずかと大股《おおまた》で部屋に入ってきた。

……「失礼します」の一言くらい言いなさいよ。

彼女《かのじょ》はどうやら食事を運んできたみたいで、皿が載《の》ったトレイを手に持っていた。

もう夕食の時間……結構長い間微睡んでいたのね。

本日の夕食はトマトのスープかしら？　何だかスープの色が紫《むらさき》がかっているのは気のせいか。

――どんな腐《くさ》った材料を入れたんだか。絶対食べない方がいいわね。

「全部召《め》し上がってくださいませ。王妃さまになる方は健康第一ですから」

「……」

よく言うわ。この家では今まで不健康なものしか出てきたことがないのに。

デスクの上に置かれたスープは、見ればみるほど毒々しいので、放っておくことにする。

母親の形見を取り返したらとっとと出ていくつもりなので、私は荷造りをし始めた。

そのうち実家に取りにこようと思っていた魔術書や鉱石の図鑑《ずかん》、言語辞典などを鞄《かばん》に詰《つ》め込む。それから何枚か平民の服も入れておこう。平民に変装して街へ出ることがあるかもしれないもの。

その時再びドアをノックする音が聞こえて、こっちが「どうぞ」という前にメイドがドアを乱暴に開けて入ってきた。

彼女は残っているスープを見るなり、ヒステリックな声を上げた。

「ああ、お嬢様‼　やはりスープをお召し上がりになってらっしゃらないっっ‼　王族の婚約者ともあろうお方がそのような我が儘《まま》が通るとお思いですか⁉」

そこまでしてスープを飲ませようとするなんて、ますますあやしい。

メイドはデスクに置かれているスープの皿が載ったトレイを手に持つと、憤慨露《ふんがいあら》わに大股でこちらに歩み寄ってきた。

そして、スープの皿をぐいぐいと私に押《お》し付けてくる。

「お嬢様、早くスープを！　召し上がって！　くださいませ‼」

抵抗《ていこう》する私と、スープがこぼれるのも構わず口元に持ってくるメイド。

今までこの家では散々な目に遭《あ》ってきたけれど、さすがにここまでされたのは初めてだ。

メイドの勢いにのまれて後ずさりした私は思わず足を滑《すべ》らせ、尻《しり》もちをついてしまった。

嫌だ、このままじゃ何が入っているかわからないスープを無理やり……‼

その時、外から窓が開けられて、私が今一番会いたい人が入ってきた。

エディアルド様、そしてその後ろからコーネット先輩も。

「嫌な予感がして部屋のほうに来てみたら。良かったよ、間に合って」

「エディアルド様！　もう連絡が届いたのですか？」

「ああ、スーザン嬢が血相を変えて伝えに来てくれた。たまたまその場にコーネットも居合わせたから、フライングドラゴンに乗せてもらって飛ばしてきた」

「おかげでレッドはお留守番になってむくれていましたよ」

くすくすと笑うコーネット先輩を見て、一気に緊張《きんちょう》が解けてきた。

「婚約者に急用だと言って訪ねてきたのに、この家の執事《しつじ》は待機するようにとしか言わないから直接会いにきたよ」

それにしても窓からの訪問って……王子様とは思えないくらいアクティブなのよね、エディアルド様って。

「で、そのスープはクラリスの夕食？　このメイドは食事の手伝いをしていたのかな？」

エディアルド様がジロリとメイドを睨むと、一歩ずつ後退していたメイドは途端《とたん》に身体《からだ》を硬化《こうか》させた。

「へえ……この紫色の毒々しいスープがシャーレット家の夕食ねえ」

凍《こお》り付くようなエディアルド様の声音《こわね》に、メイドは全身を蒼白《そうはく》にしてその場に跪《ひざまず》いた。

「わ、私はお嬢様の健康を思ってスープを召し上がっていただこうと……」

「じゃあ、君がこのスープ毒味してくれる？」

「え……？」

「俺《おれ》もできれば君を疑いたくはない。疑いを晴らす為には、このスープが毒入りじゃないことを君が証明すれば良い。とても簡単なことだよ」

「……‼」

エディアルド様の口調は穏《おだ》やかだが、口元は冷笑《れいしょう》を浮《う》かべている。

悪役王子そのものの顔ね。

でもそれがまた、何とも言えない色気を醸《かも》し出しているのよ。悪役ならではの凄《すご》みもあって、ぞくぞくしてしまう。

メイドはガタガタ震《ふる》えながらも、必死になって首を横に振《ふ》った。

「ひ、ひどい……毒味だなんて、私を疑っているじゃないですか」

「何故毒味がひどいんだ？　毒が入っていないと言い張るのであれば、そのスープを飲んでも問題はないだろう？」

「わ、私は、ずっと、クラリス様の我が儘に振り回されて……そ、それでも誠心誠意お仕えしていたのですよ⁉」

「話をすり替《か》えるな。第一王子として命じる。お前は今すぐこの場で毒味をしろ」

「――――」

研ぎ澄《す》まされた氷の刃《やいば》を思わせる冷ややかな声。

そこには容赦《ようしゃ》もないし、慈悲《じひ》を見出《みいだ》すのも不可能だ。

コーネット先輩がスプーンを手に取り、スープを掬《すく》う。ふっと笑《え》みを浮かべてメイドに口を開けるように促《うなが》した。

「さ、この中に毒が無いと言い張れるのであれば、これを食べることはできるよね？」

「……っっっ‼」

そんな押し問答の最中、ぱたぱたと足音がしたと思ったら執事のトレッドが飛び込んできた。

「で、殿下、ここにいらっしゃったのですか。屋敷中探し回って……」

「私が招き入れたの。エディアルド様にどうしても早く会いたかったから」

そう言うと、トレッドは真っ赤になって私に怒鳴《どな》りつけてきた。

「お嬢様、まだ食事をしていなかったのですか！　それに勝手な真似《まね》をされたら困ります！」

「スープなら、そこのメイドが毒味してくれることになったよ」

「そ、それは……」

エディアルド様の言葉にトレッドは表情を歪《ゆが》ませる。

「……そ、それより、このようなむさ苦しい場所に殿下にいていただくわけにはまいりませんので、是非《ぜひ》、特別室の方へ……」

なんとか言葉を絞《しぼ》り出したトレッドは、苦しそうな表情を浮かべて特別室への案内を始めた。

そして私達が特別室に着くと同時に、見たこともないくらい腰《こし》を低くしたお父様が現れた。

え、お父様は倒れたって言ってなかったっけ⁉

メイドやトレッドの態度から察するに、お父様は仮病《けびょう》を使って母の形見までチラつかせて私を呼び出し、毒の入ったスープを飲ませようとしていた……ということ？

腐っていたり生のままの食事を食べさせられそうになったりしたことはあったけど、まさか毒を盛られるなんて……そんなこと、まさかお父様が……。

あまりのことに、私は息が詰まり、クラクラしてしまった。

「エディアルド殿下。まずはお茶でも飲んでゆっくりしてください」

お父様は引きつった笑顔を浮かべ、エディアルド様にお茶を勧《すす》めている。

ああ、私も紅茶を飲んで一息つきたい。そうじゃないと、とてもこの状況《じょうきょう》を飲み込めやしない。

そんなことを思っていると、エディアルド様は上着のポケットから小さな瓶《びん》を取り出した。

ちょっと待って。

あれは、ペコリンの店で買ったミールの水。毒の入った飲み物や食べ物に入れると青く変わるレアアイテムだ。

彼はコルクの栓《せん》を抜《ぬ》くと紅茶の中に、ミールの水を一滴《いってき》垂らした。

すると、紅茶は一瞬で真っ青な色に変わった。

ま、まさかお父様がエディアルド様を……!?

けれど、お父様はその色を見てびっくりしたようにエディアルド様の方を見た。

「殿下……これは？」

「シャーレット侯爵《こうしやく》、まさかだけど俺を毒殺しようとした？」

「は……そのような恐《おそ》ろしいこと……」

お父様はとんでもない、と首を横に振る。

鳩《はと》が豆鉄砲《まめでつぽう》をくらったような顔からして、お父様は本当に知らなかったみたいだ。この人、演技が下手だから、嘘《うそ》のリアクションはできないのよね。

「でもこの紅茶には毒が入っているよ？　このミールの水はね、毒に反応するんだ。クラリスの食事に入れられた毒も、これを使えば一発でわかるよ」

「そ、そんな……」

お父様はハッと目を見開く。

毒を入れた人物に心当たりがあるのかもしれないわね。冷静に考えてみると、私にも心当たりがあるけれど。

すると部屋をノックし、二人の人物が入ってきた。

継母《ままはは》であるベルミーラ＝シャーレットお義母様と料理長だ。

料理長は部屋に入るや否や、部屋の隅《すみ》っこの方で縮こまるように控《ひか》え、上目遣いで私達の方を見ている。

ベルミーラお義母様はいつになく胸元《むなもと》があいたドレスを着ていた。そして私がお母様から頂いたペンダントを、まるで見せつけるかのように身に着けている。

そう、母の形見を渡すつもりは最初からなかったのね。

つまり、この騒動《そうどう》を仕組んだのは――。

「まぁ、殿下。まだ紅茶をお飲みになっていらっしゃらないのですか？　この紅茶は珍《めずら》しい茶葉で、是非殿下にも味わっていただきたくお出ししました」

「いや、俺は遠慮《えんりよ》しておく」

「どうか騙《だま》されたと思って飲んでみてくださいませ」

「騙されたくないので飲みません」

きっぱり断るエディアルド様にベルミーラお義母様は目を剥《む》く。

さらに何かを言おうと口を開きかけた時、お父様が震える声で尋《たず》ねる。

「ベルミーラ……この紅茶に何かをまぜてはいないか？」

「な……何を仰《おつしや》るの⁉」

思わずひっくり返ったような声を上げるお義母さま、輪をかけて分かりやすいリアクションをしているのは料理長で、額の冷や汗《あせ》を肩に掛《か》けているタオルで拭き始める。

「今、殿下が毒素に反応する液体を入れたら、その紅茶が反応したんだ」

「ど、毒なんて入れてないわよっっ‼　そんなことしたら私達がタダではすまないじゃない⁉」

そう、普通《ふつう》に考えれば、ここで王子を毒殺したところでシャーレット家には何のメリットもない。だけど此処《ここ》に居る人達って、常識というものが理解できていないのよね。

ふと料理長と目が合うと、彼は首をぶんぶん横に振る。そんな縋るような目で見ないでよ。普段から随分《ずいぶん》と酷《ひど》い料理を作って、私に食べさせていたくせに。

コーネット先輩は軽く肩を竦《すく》めて言った。

「毒にも色々ありますよ。身体を痺《しび》れさせる毒もあるし、高熱を引き起こす毒もある。あと、惚《ほ》れ薬もまた毒薬の一種ではありますよね」

「……っっ‼」

お義母さまがびくんっと身体を震わせたその時、派手なドレスに身を包んだナタリーが客間に入ってきた。

彼女はエディアルド様に熱い眼差《まなざ》しを向け、すり寄ってくる。

「エディアルド様ぁ」

「エディアルド殿下、ね」

「そんなに見詰められたら困ります、エディアルド様。あなたはお姉様の婚約者なのだから」

「良く分かっているじゃないか。じゃあ、次からは一秒たりとも君を視界に入れないようにしておく」

「……え？」

ふいっと顔を背《そむ》けるエディアルド様に、ナタリーは目を点にする。

そして母親の方を見て、小声で訴える。

『お、お母様、話が違《ちが》うじゃない。エディアルド様は私に夢中になっているんじゃなかったの？』

『まだ紅茶を飲んでいないのよ‼』

内緒話《ないしょばなし》のつもりなのかもしれないけれど、こっちにまで聞こえているから。

二人とも声のキーが高いのよね。

エディアルド様はにこやかに笑ってカップを手に持ち、それを持ち上げた。

「これは惚れ薬だったみたいだな。俺をナタリーに惚れさせてどうするつもりだったんだ？」

「な、何のことでしょう。それはただの紅茶で……」

「そ、そうです。惚れ薬などあり得ません。紅茶が青くなったのも何かの間違い」

この期《ご》に及《およ》んで惚《とぼ》けようとするお義母様。

お父様も必死に頷く。あくまで継母と異母妹の味方なのだ。

「そうですか、じゃあ、シャーレット侯爵。妻と娘の無実を信じるのですね？」

「もちろんです！」

「ではこの紅茶を飲んでください」

「――え？」

さっきのメイドの時と同じだ。

無実を証明したいのであれば、お前が毒味しろというわけだ。

「無実と信じているのであれば飲めますよね？　何事も起きなければ、俺も今後はお二人のことを信じますよ。でも、万が一惚れ薬が入っていたら、大変なことになりますね。実の父が実の娘に惚れてしまう地獄《じごく》絵図になりますから」

「殿下、けっこうエグいことしますね。でもいい実験だと思います。シャーレット侯爵には是非飲んでいただきたい」

エディアルド様の言葉にコーネット先輩の目がキラーンと輝《かがや》く。もの凄く期待に満ちた目でお父様のこと見ているわ。

今の二人にタイトルをつけるとすると、悪役王子とマッドサイエンティスト、ね。

当然、お父様とお義母さま、それにナタリーの顔も真っ青になる。

震える手でエディアルド様から紅茶を受け取ろうとするお父様に、ナタリーが「飲んだら駄目《だめ》っ‼」と悲鳴に近い声を上げる。

「お父様に男性として迫《せま》られるのは無理！　ぜったいに無理‼　ハゲでデブで、背も低くて三重苦じゃないの‼」

――――父親に迫られるのは嫌、という点は至極《しごく》真っ当なことだけど、最後の三重苦は余計だわ。

お父様は可愛《かわい》い娘に容姿を貶《けな》され、かなり傷ついたみたいで、白目を剥いて固まってしまっている。

ナタリーが認めてしまったので、惚けることができなくなったベルミーラお義母様は、後ろに控える料理長の方を指さして言った。

「私は知りませんわ。すべてはあの料理長がやったことですから」

指を指された料理長は大きく目を見開いた。

信じられないと言わんばかりにお義母様を凝視《ぎょうし》しているけれど、お義母様は知らん顔。

料理長は震えた声で訴える。

「お、奥様……私は奥様に言われた通り」

「んまぁ‼　この期に及んで雇《やと》い主のせいにしようというの⁉　そんな恩知らずだとは知らなかったわ‼　お前達、この料理長を地下牢《ちかろう》に閉じ込めてしまいなさい」

お義母様のイエスマンだった料理長。その忠誠心は報《むく》われることなく、彼は他の使用人に両脇《りようわき》を捕《と》らえられる。

もう駄目だと思ったのだろう。料理長は目を血走らせ、恨《うら》みを込めた声でさらに訴えてきた。

「……奥様っっっ‼　私は奥様に言われるままに、クラリス様のスープに猛毒《もうどく》をまぜ、先程だって紅茶に惚れ薬をまぜたのもあんたの命令で」

「お黙《だま》り‼」

「あ、あんた言ってたじゃないか！　クラリスさえいなくなれば、ナタリーは第二側妃に目をかけてもらえる。アーノルド殿下との婚約だって取り持ってもらえるだろうって。だから、クラリスを殺さないといけない。せっかくだから、クラリスが毒で苦しんでいる時に、婚約者のエディアルド殿下がナタリーに夢中になる姿を見せつけてやるんだって、二種類の毒を持ってきたんじゃないか！」

「わ、私はそんなこと言った覚えはないわ！　出鱈目《でたらめ》言わないで頂戴《ちようだい》‼」

毒を入れた実行犯なのであろう料理長によって、今夜の出来事の全貌《ぜんぼう》が明らかになった。

……ベルミーラお義母様、そんなことを計画していたの？　人として完全に終わっているじゃない。殺すだけじゃ飽《あ》き足らず、死ぬ間際まで私の心をズタズタにしようとしていたなんて。

料理長はこの世の全《すべ》てを憎《にく》むかのように周囲を睨み付けた。

「クラリス様がここにいた時の食事だって考えるのに苦労した……腐った食材、カビだらけの食材、生では食べられないもの。あんたの言う通り用意するのに、どれだけ苦労したか！」

「お黙り、お黙り、お黙りっっ‼　お前達、その口を塞いでおしまい‼」

使用人が料理長の口を押さえようとするが、料理長は首を激しく振り、嘲笑《あざわら》うように言った。

「お前ら奥様の言う通りにしても良いのか？　奥様の罪状を隠そうとした咎人《とがにん》としてお前らも処分されるかもしれないぞ⁉　それに奥様はこんなにも尽《つ》くした俺を平気で切り捨てるようなお方だ。お前らもすぐに切り捨てられるぞっっ‼」

「煩《うるさ》いっっ‼　何をしているっ、お前達、その料理人を殺しておしまい‼」

お義母様は部屋の隅に控える侯爵付きの騎士達に命じたけれど、騎士達は顔を見合わせ、躊躇《ちゅうちょ》していたようだ。

エディアルド様はその場にいる騎士や使用人達に告げた。

「証人を殺した人間は証《しょう》拠《こ》隠滅罪《いんめつざい》の罪に問われることになるっっ‼」

戸惑《とまど》い後ずさりをする騎士達に、ベルミーラお義母様がヒステリックな声をあげた。

「こ、こうなったら、もうお終《しま》いよ‼　この人達をこの場で殺しておしまい。彼らの口さえ塞いでおけば、今までのことは公《おおやけ》にならないわ‼」

自棄《やけ》になったお義母様の言葉は、時代劇の悪役が開き直ったような台詞《せりふ》だった。

エディアルド様やコーネット先輩さえ消せば自分達がしてきたこともみ消せると思ったのか、騎士達の殺気がこちらに向けられる。

何て馬鹿《ばか》な人達。

この場にいる護衛騎士は、安い賃金でかき集めた人材に過ぎない。

実力者がいるわけじゃない。魔術も使えない騎士が何人かかってきても無駄《むだ》だ。

コーネット先輩が呪文《じゅもん》を唱えた。

「キャプト＝ネット」

部屋中に蜘蛛《くも》の糸が張り巡《めぐ》らされ、私とエディアルド様以外、その場にいた者達全てが蜘蛛の糸に捕らえられる。

私達に襲《おそ》い掛かろうとしていた騎士達、その場にいたメイド達も、執事のトレッドも。

特にトレッドは逆さ吊《づ》りの状態で蜘蛛の巣にかかっているので、かなりきつそうだ。

エディアルド様はこの上もなく冷ややかな笑みを浮かべて、シャーレット家の面々に抑揚《よくよう》のない口調で告げた。

「間もなく宮廷捜査隊《きゅうていそうさたい》がこちらに来る」

「「「⁉」」」

宮廷捜査隊とは、選ばれた騎士達によって編制された、前世で言う警察のようなものだ。王族や貴族に関連した事故や事件を捜査《そうさ》する役割を担《にな》っている。

エディアルド様は、ここに来る前に予《あらかじ》め捜査隊に連絡をしていたのね。

「くそ……第一王子は馬鹿王子じゃなかったのかよ‼」

「王子とクラリス様さえ始末すりゃ公にならないだなんて、大嘘じゃねぇか‼」

「こんな家に仕えるんじゃなかった！　給料は安いし、雇い主は我が儘だし」

シャーレット家の騎士達は、騎士と呼ぶにはあまりにも品がなかった。

そもそもまともな騎士なら、王族に手を掛けるような真似はしない。

私が実家にいた時には、既《すで》にまともな騎士達はお義母さまによって追い払《はら》われ、安い賃金で雇えるフリーの騎士に頼《たよ》っていた。フリーの騎士の多くは犯罪まがいのことをやっている傭兵《ようへい》だ。

「お前達はまず、第一王子とその婚約者、そして侯爵令息のコーネット＝ウィリアムの殺人未遂《みすい》の罪に問われることになる」

「――――‼」

この人達は今まで王室を軽《かろ》んじすぎていた。

王妃さまだけじゃなく、エディアルド様、それにテレス妃のことも侮《あなど》っていた。

今日の出来事がなくても、シャーレット家は遅《おそ》かれ早かれ没落《ぼつらく》していただろう。

徐々《じょじょ》に没落という形じゃなくて、急に叩《たた》き落とされた感じはするけどね、それも自業自得《じごうじとく》だ。

その時になって父は縋るような目で私の方を見た。

「クラリス、今まで育ててやったんだ！　助けないかっっ‼　この恩知らず」

「……」

私は何も言えなかった。

母親が亡くなると、乳母《うば》をはじめ、私に良くしてくれた使用人達は屋敷から追われてしまった。

それからの私の扱《あつか》いは酷いものだった。

部屋は物置小屋、出される食事は腐っていたりカビが生えていたり、まともな食材が出ても生で食べられない固いイモ。貴族が着るような服は一着もなく、薄着《うすぎ》しか用意されていなかったので、冬はいつも寒い思いをしていた。

そして、今日のことでもう完全に吹《ふ》っ切れた。

私は曇りのない笑顔でお父様……いえ、シャーレット侯爵に言った。

「恩というのは、一日に一回、食事を与《あた》えて下さったことですね。では、そのお礼として投獄《とうごく》された際には一日に一回、私と同じ内容の食事をお届けするようにします」

「……っっ‼」

今まで私にしてきたことを思い返したのか、侯爵は絶望に満ちた表情を浮かべていた。

彼らはこれから泥《どろ》付きのサラダ、生のサツマイモ（みたいなイモ）、それから腐った果実やカビ付きのパンなどを食べることになるわね。

「く……クラリス。このペンダントは返すわ。だ、だから、私を助けて」

ベルミーラが引きつった笑顔を浮かべ、辛《かろ》うじて蜘蛛の巣がかかっていない右手で、自分が身に着けていたペンダントを引きちぎるように外し、こちらに差し出す。

その乱暴な扱いに私は眉《まゆ》をひそめた。

「これは元々クラリスのだろう？　無条件で返せ」

エディアルド様はベルミーラからペンダントを取り上げると、それを私に手渡した。

私は思い出のペンダントを両手に包み、胸の前でぎゅっと握《にぎ》った。

ベルミーラが引きちぎるようにして外したから、留め具が曲がってしまった……後で修理しないと。

「……わ、私は奥様に命令されただけだ……本当はこんなことしたくはなかった……」

料理長が助けを請《こ》うような目で私を見てくる。

私がお腹《なか》をすかせてあなたに助けを求めた時は、あなたは鼻で笑っていたけどね。

しかもそれを聞いたベルミーラが、目を三角にして反論していた。

「何言っているの⁉　最初は私が頼《たの》んだけど、あんたも嬉《うれ》しそうに、クラリス専用のメニューを考えていたじゃない‼　私すら考えつかないようなえげつないメニュー表まで作って」

「そ、そうすればあんたが喜ぶからだ！」

「私は頼んでないわよ」

……二人とも見苦しすぎる。

しかし見苦しいのは、ベルミーラと料理長だけじゃない。

「お、お嬢様……私はずっと前からお嬢様が優しい方だと知っておりました。だけど、命令されて仕方がなかったのです。心優しいあなたであれば、私を助けてくださいますよね？」

何としても助かりたいメイド。恥《はじ》も外聞も捨て、白々しい程に私を褒《ほ》めはじめる。

エディアルド様が首を傾《かし》げる。

「――え？　さっき〝私は、ずっと、クラリス様の我が儘に振り回されて、それでも誠心誠意お仕えしていた〟って言ってなかったか？」

「そ、そんなこと言った覚えがありません‼」

「殿下、無駄ですよ。そういう悪口って、言われた方は覚えていても言った方はすぐ忘れるんですよ」

コーネット先輩が苦笑《くしょう》交じりに言った。その若さで何だか悟《さと》ったようなことを言うわね。

でもここの人達の態度を見ていると、本当にその通りなんだな、と思う。

今まで私にしてきたことなどすっかり忘れているから、図々《ずうずう》しくも助命嘆願《たんがん》してくるのだ。

その時ツインテールの髪《かみ》を振り乱し、ナタリーが叫《さけ》んだ。

「わ、私は関係ないわ‼　お姉様が我が儘だったのを注意しただけだもん‼」

ナタリーは自分が我が儘な人間だとは思っていない。自分の思い通りにならない人間こそが我が儘な人間だと思っている。

そしてエディアルド様の方をキッと睨んで、怒鳴りつけた。

「エディアルド様は女性を見る目がないのよ‼　この女は私に意地悪だし、我が儘で私やお母様を困らせるし、学校ではいい顔をしているかもしれないけど、本性《ほんしょう》を隠しているだけなんだから‼」

「たとえそうだったとしても、無礼な君か王族の婚約者に選ばれることはない」

「私の何処《どこ》が無礼なのよ⁉」

「許可も無くファーストネームで呼ぶし、俺に女性の見る目がないと罵《ののし》ったことも十分無礼に値《あたい》する」

「罵ってないもん、本当のことを言っただけだもん‼」

言っただけだもん‼　じゃないわ。子供か。

ナタリーはエディアルド様が何を言っているのか良く分かっていないみたいで、首を横に振っている。

「しかも君達は俺に毒を飲ませようとしたじゃないか」

「毒じゃないもん！　死ぬわけじゃないいんだからいいじゃない‼」

「いいわけがないだろう？　強制的に惚れさせるような媚薬《びやく》は、完全に違法《いほう》薬物だ。所持しているだけでも死刑《しけい》になる」

ナタリーはまだ納得《なっとく》できないのか、首を横に振り続ける。

「何よ……何よ……私、何もしてないもん‼　毒薬だって私が入れたわけじゃないし、エディアルド様とかコネット様だって殺そうとしてないもん。見ていただけだもん」

「私の名前はコーネットですよ、お嬢さん」

「どっちでも良いわよ‼　……ふぇぇぇぇん、何なのよ、もうっっ‼　わぁぁぁぁあん‼」

ナタリーはまるで駄々っ子のように、わんわん大声で泣き始めた。思い通りにならないと駄々をこねて泣くのは昔からだったわね。

この娘はあの頃から何の成長もしていないんだな、と実感する。

「このまま捕《つか》まるなんて嫌よ、嫌よ、嫌あぁぁぁ‼」

今日のナタリーの声は何デシベルなのか、前世にあった騒音《そうおん》を測るアプリで計測してみたいわ。

エディアルド様もコーネット先輩も思わず不快そうに耳を塞ぐ。早く宮廷捜査隊の人達が来てくれたら良いのだけど。

私が何気なく窓の方へ目をやった時だった。

バァァァァアン‼

乱暴に扉を開ける音が響き渡った。

いや、開けるどころか蹴破《けやぶ》られた音だ。元々メンテナンスができてなかった扉は蝶番がはずれ壊れてしまった。

びっくりしてそちらへ目をやると、剣《けん》を持ったウィストとソニアが飛び込んできた。それからアドニス先輩とデイジーも後から駆《か》けつけてきた。

「遅くなりました、殿下」

胸に手を当てお辞儀《じぎ》をするアドニス先輩。その隣《となり》にはデイジーも爆弾《ばくだん》のようなものを手に持って立っていた。

「いや、逆に早くて驚《おどろ》いたぐらいだ。どうやってここまで？」

「あなたがコーネットと共にシャーレット家に赴《おもむ》いたという知らせを聞き、城内のフライングドラゴンを拝借して飛ばしてきたのですよ。宮廷捜査隊は、ここに来るまでもう少し時間がかかると思います」

皆、アマリリス島から帰って間もないのに、すぐに駆けつけてくれるなんて。

私は泣きそうになった……そして同時に反省する。もっと自分を大切にしないといけない。

今度、少しでも危険を感じるような場所に行く時は一人で行動しないようにしよう。これが終わったら、スーザンにもお礼を言わないと。

アドニス先輩は部屋の惨状《さんじょう》を見て肩を竦めた。

「あまり心配はしていませんでしたが、我々が助けに来るまでもなかったですね」

「人間如《ごと》きに手間取っているわけにはいかないからな」

そう答えるエディアルド殿下に、アドニス先輩はクスクスと可笑《おか》しそうに笑う。

「人間如き……って言い方が魔王みたいですよ」

元々悪役だったエディアルド様は、悪ぶった台詞がよく似合う。

いつも巨大《きょだい》かつ強力な魔物と戦っているエディアルド様からしたら、騎士とは名ばかりの傭兵崩《くず》れの人間がいくら飛びかかってきても相手にならないわよね。

ドアを蹴破る音に驚いていたナタリーは、ハッと我に返り、金切り声で怒鳴り散らし始めた。

「ちょっと！　何そっちで勝手に盛り上がっているのよ‼　女の子が泣き叫んでいるんだから、助けな……」

「フル＝スリーピュア」

アドニス先輩がナタリーに向かって誘眠《ゆうみん》の魔術の呪文を唱えた。

「……さいよ」

ナタリーは急激に襲ってきた眠気《ねむけ》に耐《た》えられず、そのまま眠りについた。

「き、貴様……‼　ナタリーに何をした？」

「シャーレット侯爵、あなたは今一度、ご自分の身分と立場を省《かえり》みる必要があるようですね」

小説では、将来冷徹《れいてつ》の宰相《さいしょう》と呼ばれることになるアドニス先輩。その片鱗《へんりん》が見える冷ややかな眼差しをシャーレット侯爵に向けている。

侯爵家よりも立場が上の公爵家令息に向かって貴様呼ばわりするのだから、本当にナタリーが絡《から》むと一際馬鹿になってしまうのね。

「ぬぅう……く……アドニス＝クロノム公子、娘に一体何を？」

「眠っているだけですよ。特に害はありません」

アドニス先輩の言う通り、ナタリーは蜘蛛の糸に捕《とら》われた状態のまま規則正しい寝息をたてていた。

「……お前さえいなかったら……ナタリーが王妃に……」

逆さ吊りになったトレッドは、自分でももう終わりだと思っているのか、私への憎悪《ぞうお》をエディアルド様達がいる前でも隠そうとしなくなった。

幼い頃から養育してきたナタリーが王妃になることは彼の悲願だったのね。

「この役立たず！　何故、クラリスにスープを飲ませなかったの⁉」

ベルミーラはメイドに当たり散らしている。

メイドは目をそらしながら、しどろもどろに答えた。

「で、でも、その……邪魔《じゃま》が入って」

「言い訳なんか聞きたくないわ‼」

私さえ死ねば、ナタリーの王妃への道が開けると本当に思っていたのだろうか？　……そんなことしても、ナタリーが王妃になる可能性はゼロだと思うけど。

私が溜息《ためいき》をついた時、妙《みょう》に焦《こ》げ臭《くさ》い臭《にお》いが鼻腔《びくう》を刺激《しげき》した。


ゴォオオオオオオオオ‼


突如《とつじょ》、ウィスト達が入ってきたのと逆の方向、部屋から外へと通じる扉が燃え始めた。

しかも普通の炎《ほのお》じゃない。黒い炎だ。

一体、何が起こっているの？

木製の扉は瞬《またた》く間に燃え尽きてしまった。そして、その出入り口から蝙蝠《こうもり》の翼《つばさ》を持つ小鬼《こおに》姿の魔物が数匹《すうひき》部屋に飛び込んできた。

エディアルド様が魔物の名を叫ぶ。

「ガーゴイル……！」

前世の世界では西洋建築の屋根に取り付けられる雨樋《あまどい》のことをガーゴイルと呼ぶけど、こっちでは空飛ぶ小鬼の魔物をそう呼んでいる。

私達が反応する間もなく、ガーゴイル達はナタリーの両手、両足を掴《つか》んだ。ナタリーは眠っているので無抵抗だ。

「な……なにを……」

ベルミーラは娘が魔物に連れていかれそうになっているのを咎《とが》めようとしたが、恐怖《きょうふ》で声が震えていた。

二匹がナタリーの両脇を、もう一匹がナタリーの足を持つとそのまま外へと出ていく。

「ナタリーィィ‼」

シャーレット侯爵よりも先に、執事のトレッドが悲痛な声を上げた。

侯爵は私に向かって怒鳴った。

「く、クラリス！　お前にとってナタリーは可愛い妹だろ⁉　姉なら助けろ」

もう父だとは思っていないので、そんな言葉は私には響かない。

ナタリーも、可愛い妹だとは思ってはいないけれど、それはそれとして魔物からは救出しないと。

私達がガーゴイル達を追い、外へ出た時だった。

ケシャアァァァァ！

聞いたことのない甲高《かんだか》い鳴き声とともにカーゴイルの軍勢が襲いかかってきた。

すぐさまソニアとウィストが出て、襲ってくる魔物を次々と切り伏《ふ》せる。

「ウィンド=カッター」

アドニス先輩が風の攻撃《こうげき》魔術を唱えると、いくつもの風の刃が生じ、ガーゴイル達を斬《き》りつけた。

続けてコーネット先輩がビー玉サイズの閃光魔石《せんこうませき》を投げると、石から光が放たれる。エディアルド様は慣れないまぶしさにひるむガーゴイルを切り伏せた。

なんとか襲いかかってきたガーゴイル達を片付けたと思った時。


ドォォォォォオン‼


落雷《らくらい》の音？　……近くの木に落ちたのかしら？

だけど、空はさっきまでの曇り空が嘘のように晴れている。

大きな満月が出て、地上を明るく照らしていた。

小さな地震《じしん》のような震動。

上空を見上げた私は目を瞠《みは》る。

月が輝く夜空を背景に、まるで影《かげ》のように黒い巨大なドラゴンが飛んでいた。

あれは、まさか……⁉

「ダーク……ドラゴンだと⁉　そんな馬鹿な……」

エディアルド様はダークドラゴンのことを知っていたのね。文献《ぶんけん》にも闇《やみ》のドラゴンの存在は描《えが》かれているのだろう。

でも、まさか現実にダークドラゴンが現れるなんて、小説の展開を知っていた私くらいしか思いつかないんじゃないかしら。さすがエディアルド様と言うべきか、それとも……。

そんなことを思いながらふと見ると、屋敷から少し離《はな》れた見張り塔《とう》の屋根の上に誰《だれ》かが立っているのが見えた。

「あれはまさか……魔族？」

コーネット先輩はまじまじとその姿を凝視している。

夜空に溶《と》け込むような、黒褐色《くろかっしょく》の肌《はだ》、漆黒《しっこく》の髪、そして黄色に輝く目は遠くからもよく見える。

目を瞠るほど美しい容姿だけど、とてつもない禍々《まがまが》しさを感じる。

私は息を呑んだ。

ディノ＝ロンダークだ。

魔族達が住むレギノア大陸は別名魔界と呼ばれている。その魔界の中でも最大の軍事国家、ブラッティール帝国《ていこく》の皇子であるディノ＝ロンダークは、他の皇子達とは比較《ひかく》にならないほど桁外《けたはず》れの実力を持っていた。

父親である魔帝の後を継《つ》ぐことに魅力《みりょく》を感じていなかったディノは、私達が住む人間界へ侵攻《しんこう》し、自分だけの国を創ろうと考えた。

そう、これは小説の設定。

もし小説の通りであれば、ディノは次元を越《こ》える転移魔術を使ったのだろう。

そしてこの地に留まり力を蓄《たくわ》えながら、自分の配下となり得る人間を狩《か》りはじめた。

小説のクラリスもエディアルドもディノに狩られた人間だ。

だけど、私とエディアルド様はまだ狩られていない。いや、ここで狩られるわけにはいかない。

ディノの周りには何匹ものガーゴイル達が飛び回っていた。

そういえば、ナタリーはどこに行ったの？

私が周囲を見回した時だった。

ヴァオォォォォォォ――――ッッ‼

思わず耳を塞ぐ。

ダークドラゴンの嘶《いなな》きに反応して、いくつもの黒い雷《かみなり》が落ちてきた。

雷は近くの庭の木や、岩、門に直撃《ちょくげき》する。

「ガーディー＝シールド！」

コーネット先輩が防御《ぼうぎょ》魔術の呪文を唱えた。

私達が半透明《はんとうめい》なドームに覆《おお》われた直後、いくつもの黒い雷が降り注いだ。

雷撃と防御の壁《かべ》がぶつかった衝撃音《しょうげきおん》と震動に、思わず目を閉じる。

これが王都を半壊《はんかい》させたダークドラゴンの攻撃。

私は恐る恐る目を開け、上空を見上げた。

「あ……」

ディノの方を見た私は思わず声を漏《も》らす。

先程まで見張り塔の屋根の上に立っていたディノはダークドラゴンの背に乗っていた。

ディノが口を開く。

「この場も我らの寝床《ねどこ》に相応《ふさわ》しい空気で満たそう」

そう告げるや否や、彼は黒くて小さな石をばら撒《ま》いた。

ビー玉程の小さな石だけど、黒々としたその石からは黒い霧《きり》が噴《ふ》き出していた。

この黒い霧の正体は瘴気《しょうき》。魔物達はこの瘴気を吸い込むと、凶暴《きょうぼう》化しディノの操り人形と化す。

「ピュア＝クリアード！」

私は浄化《じょうか》の魔術を唱える。

周囲の黒い霧は忽《たちま》ち晴れるが、すぐに石からは新たな瘴気が噴き出す。

デイジーが咳《せ》き込み、アドニス先輩がその背中をさする。ソニアとウィストも不快そうに眉を寄せている
私もなんだか息苦しい……。

魔物だけじゃなく、人間にも影響《えいきょう》があるみたいだ。

「ガーディー＝シールド」

コーネット先輩が瘴気を寄せ付けないよう、もう一度防御の魔術をかけた。

完全に防げるわけじゃないけど、息苦しさが緩和《かんわ》される。

このままディノの出方を見ていたら、こっちが不利だ。反撃しないと……！

「ギガ＝ライトニング」

エディアルド様がディノに向かって光の攻撃魔術を放つ。

いくつもの雷がガーゴイル達に直撃し、群れの半数は打ち落とされる。

しかしディノの周辺は防御魔術がかかっているのか、雷は目に見えない壁に当たり、そのまま掻き消されてしまった。

私も魔術師の杖《つえ》を構え呪文を唱える。

「ライトニング＝アロー‼」

次の瞬間、矢の形をしたいくつもの光が標的を攻撃する。鋭利《えいり》な光なら、防御の壁を傷つけることができるのではないだろうか。

光の矢は防御壁《へき》に突《つ》き刺《さ》さり、わずかにひびを入れた。

「私が心を込めて作った電光爆弾《ライトニングボム》を食らいなさい‼」

「ワール＝ウィンド」

デイジーがピンポン球くらいの球体をディノに向かって投げつける。彼女の投力だと上空にいるディノまでは届かないが、アドニス先輩が旋風《せんぷう》の魔術を唱えたことで球体は上昇《じょうしょう》し、ディノの前で爆破《ばくは》した。

ドォオオオオオン‼

かなり大規模な爆破で、周辺を飛ぶガーゴイルは一掃《いっそう》された。

防御壁に阻《はば》まれ、ディノや彼の側を飛ぶガーゴイル達を傷つけることはなかったけれど、私が放った光の矢によって傷ついていた防御の壁は徐々にひび割れ、やがて破壊された。

よし、聖女様の光には適《かな》わないけれど、私達が放つ光の魔術も闇の魔術にダメージを与えられることは分かった。だけど、もう少し光の威力《いりょく》が欲しい。

「ギガ＝ライトニング」

エディアルド様が再び雷の呪文を唱える。

ディノの周辺を飛ぶガーゴイル達を打ち落とし、ディノ自身にも直撃する。

当たった！

私は両手を握りしめる。

ここでラスボスであるディノが倒れてくれたら、あらゆる悲劇を回避《かいひ》できる。

小説のバッドエンドを完全になかったことにできる……！

そんな期待を抱《いだ》いたのも束《つか》の間《ま》。

ディノは深く項垂《うなだ》れた状態のまま動かなかったが、しばらくして前髪を掻《か》き上げながら顔を上げた。

傷一つ付いていなかった。

ディノの身体からは、石から噴き出しているものよりもはるかにどす黒い瘴気が滲《にじ》み出ていた。小説によると、瘴気は攻撃魔術の威力を激減させる作用がある。攻撃が当たっても大したダメージにはならない。

ディノを乗せているダークドラゴンも同じように瘴気に護られている為無傷だ。

「駄目か……」

エディアルド様は悔しげに唇を噛む。

その時、今までどこに隠れていたのか、ナタリーを連れ去ったガーゴイル達が現れた。

「何よ！　こいつら‼　離して、離しなさいよ‼」

目が覚めたナタリーは身体を捩《ねじ》らせ、抵抗しているみたいだけど、ガーゴイル達は小さな見かけによらず力が強いようでびくともしない。

そして、ナタリーを連れたガーゴイルがディノに近づいた時、思わぬことが起こった。

「あなたは？」

ナタリーは魔族の皇子の姿を見るや、その美貌《びぼう》に目を奪《うば》われて抵抗するのを止《や》めてしまった。

ディノがナタリーに向かって手を差し出すと、ナタリーの身体がどす黒い靄《もや》に包まれる。

黒い靄はやがて蛇《へび》のように変形しナタリーの身体に絡みついていく。

私は目を瞠った。

あの光景、どこかで見たことが——いいえ、読んだことがある。

先ほどまで抵抗して暴れていたナタリーの目が虚《うつ》ろになる。

間違いない。

小説の描写《びょうしゃ》だ。闇に魅《み》入《い》られたクラリスが、魔族の皇子ディノによって常闇《とこやみ》の世に連れていかれるシーン。

常闇の世はディノのアジトのことを指している。この世界のどこかにある地下洞窟《どうくつ》が、ディノのアジトだ。だけど残念ながら、その地下洞窟が何処にあるのかは小説には書かれていなかった。ディノは転移魔術で地下と地上を行き来していたから。

ガーゴイル達は、完全に瘴気に包まれたナタリーを手放した。彼女は落下することなくふわふわ浮いた状態でディノの手元まで運ばれる。

ディノはナタリーを横に抱くと、愛《いと》しそうにその額に口づけた。

まさに小説のシーンがまんま再現されている。確か挿絵《さしえ》ではお姫様抱《ひめさまだ》っこされたクラリスが、ディノに口づけされていた。

ディノは自分の前にナタリーを乗せると、ダークドラゴンの手綱《たづな》を引いた。

翼をはためかせ、上昇し始めるダークドラゴンに、私とエディアルド様は同時に声を上げた。

「待ちなさい‼」

「待て‼」

ここで止めなくちゃいけない、絶対に。

雷の魔術だとナタリーを巻き込む可能性がある。

となるとディノのみを狙《ねら》うことができる光の矢の魔術がいいだろう。

「ライトニング＝アロー」

私が光の矢を放ったのに倣《なら》い、エディアルド様、そしてコーネット先輩やアドニス先輩も同じように光の矢の呪文を唱えた。

「「「ライトニング＝アロー」」」

多くの光の矢が標的のディノに向かって飛んだ。

しかしダークドラゴンが再び嘶くと、先ほどよりも多くの黒い雷が落ちてきた。

黒い雷撃は私達が放った光の矢にも直撃する。

ぶつかり合った光の矢と闇の雷はその場で爆発し、消失する。

私達が放った攻撃は悉《ことごと》く黒い雷によって妨《さまた》げられてしまう。

い、一本ぐらい黒い雷を避《さ》けてディノに届いてくれたらいいのに……！

光の矢の攻撃を一つも受けること無く、ディノを乗せたダークドラゴンは飛び立ってしまった。

その後を残りのガーゴイル達が追う。

後を追いかけたいところだけど、フライングドラゴン達はすっかり怯《おび》えて動くことができなかった。

ディノを逃《に》がしてしまった……。

私はエディアルド様の隣で、空を見上げていた。

彼はナタリーをどうするつもりなの？

異母妹は今まで、小説のクラリスの代役かと思うほどの悪役令嬢ぶりだと思っていたけれど、まさか『黒炎《こくえん》の魔女』も担うことになるのだろうか？

あの娘が『黒炎の魔女』……小説のクラリスよりもタチが悪そう。

軽い目眩《めまい》を覚えた私を、エディアルド様が支えてくれた。

小説の通りであれば、一年後に『黒炎の魔女』と『闇黒の勇者』が魔物の軍勢を引き連れ、王都に攻《せ》めてくる。

だけど、小説の通り一年後に来るとは限らない。

とにかくできるだけ早く、魔族との戦いに備えておかないと。

◇◆◇

一時間後、ようやく駆けつけてきた宮廷捜査隊により、シャーレット侯爵とベルミーラ、そしてトレッドをはじめ、シャーレット家の使用人達も殺人未遂で連行されていった。

捜査隊に連行されるシャーレット家の面々を見たレニーの街の人々は喜びの声をあげていたという。驚くほど領民に慕《した》われていなかったみたいね。

ナタリーは逃亡《とうぼう》したとして、すぐさま捜索班《そうさくはん》が組まれた。

だけど、彼女が見つかることは多分ないだろう。

私はシャーレット家の一員ではあったけれど、その後の捜査と使用人達の自供により被害者《ひがいしゃ》の一人と見なされ、王室に保護されることになった。

とはいっても、やはり未婚の内に王城で暮らすのは示しがつかないので、何代か前の聖女が暮らしていたといわれる王城敷地《しきち》内にある離宮《りきゅう》、エミリア宮殿に身を置くことになった。

家族の投獄により学校にも行きづらくなった私は、宮殿にジョルジュとヴィネを呼び寄せ、エディアルド様と共に魔術と薬学の勉強にひたすら打ち込むことにした。

この先の未来のことを考えると、一刻も早く上級魔術と薬学を極める必要がある。

私達は来たる日に向けて、自身の実力を高め、戦いの為の備蓄《びちく》に時間を費やすことになった。

エピローグ

「そう、ビルゲス達《たち》は逮捕《たいほ》されたのね」

「はい、エディアルド殿下《でんか》とクラリス嬢《じょう》、そしてウィリアム侯爵《こうしゃく》令息の殺人未遂《みすい》の罪で逮捕されました」

「そう」

◇◆テレス視点◆◇

私の名はテレス＝ハーディン。

ハーディン王国国王の第二側妃《そくひ》という立場だけど、実質王妃と同等だと思っているわ。

だって本来の王妃であるメリア＝ハーディンは今重病の身。

私が彼女《かのじょ》に代わって王妃の仕事をしているのだから。

あの小癪《こしゃく》なエディアルドが、メリアをアマリリス諸島に連れて行くと聞いた時にはどうなるかと思ったけど、バートンはうまくやっているようね。

今日もちゃんと手紙が届いたわ。

メリアはいつものように薬を飲んで、体も順調に衰弱《すいじゃく》していっているみたい。

ああ……彼女の死の報告が待ち遠しいわ。

手紙の内容を思い出した私はとても良い気分でワインを一口飲む。

「それにしても愚《おろ》かだとは思っていたけど、やっぱりクラリスを殺そうとしたわね」

「はい。主犯はシャーレット家の執事《しつじ》とベルミーラのようです」

「クラリスさえいなかったら、ナタリーがアーノルドの婚約者《こんやくしゃ》になれると思っていたのかしら？」

私の言葉に、部下もフードで目は見えないけれど口元に苦笑いを浮《う》かべている。

あんな空気も読めず、行儀《ぎょうぎ》作法もなっていないような娘《むすめ》が王族になれるわけがないでしょう？

シャーレット侯爵にもそれはちゃんと言った筈《はず》なのに、あの男、自分の都合が悪いことは耳に入れない主義みたいね。

本当におめでたいこと。だから執事と自分の妻の不貞《ふてい》にも気づかないのでしょうね。

私がワインをもう一口飲んだ時、扉《とびら》をノックする音が響《ひび》いた。

「入りなさい」

私が促《うなが》すと、一人の騎士《きし》が入ってくる。

あら、いつも国王陛下の身辺警護をしている坊《ぼう》やね。彼《かれ》は私が目をかけている子で、陛下の様子を逐一《ちくいち》伝えてもらうことになっている。

彼は敬礼をして私の目の前に立つ。

「テレス妃殿下……悪い報告です」

「悪い報告？　聞きたくないわね」

「ですが重要なことです。今日、陛下は珍《めずら》しくクロノム閣下と会食をしておりました」

「あら、あの狸《たぬき》の食べ物に毒でも入っていたの？」

思わず願望を口に出してしまったわ。だけど、事態は私の願望通りじゃないのでしょうね。

深刻な騎士の表情に私は眉《まゆ》を顰《ひそ》めた。

「……陛下は珍しく王太子について言及《げんきゅう》されていました」

「何ですって？」

今まで、王太子のことなど一言も口に出さなかったあの国王陛下が？

一体どういうことなの？

しかも私にじゃなく、あの狸に言うなんて。

「それで陛下は？」

「陛下は前回の国王謁見《えっけん》の時に、二人の王子を比較《ひかく》して確信したそうです」

「何を？」

詰《つ》め寄る私に、騎士は一度口を噤《つぐ》んだ。

言いづらい情報を私に伝えようとしているのね……嫌《いや》な予感しかしないわ。

私はワイングラスを握《にぎ》りしめた。

騎士は震《ふる》えた声で告げる。

「次期国王は第一王子であるエディアルド＝ハーディンを指名したい……そう仰《おお》せになっておられました」

次の瞬間《しゅんかん》、私はグラスを騎士に向かって投げつけていた。

グラスは騎士の真横をすりぬけ、壁《かべ》に直撃《ちょくげき》する。

ガシャァァァンッッ！

騎士は顔を蒼白《そうはく》にしてその場にへたり込《こ》んだ。

私は頭を掻《か》きむしる。髪《かみ》の毛を止めていたピンがボロボロと落ちる。

ああああああ……っっっ‼

何なの、何なの、何なの、何なの、何なの⁉

あの、馬鹿《ばか》王子が王太子ですって⁉

アーノルドの方がずっと優秀《ゆうしゅう》だったじゃない‼　勉学も魔術《まじゅつ》も‼　それにあの子を支持する貴族達だってエディアルドなんかより多い筈よ‼

あの国王謁見のやりとりだけで、今までのアーノルドの評価がそんなに簡単に覆《くつがえ》るわけ⁉

「……」

あの時のエディアルドの怜悧《れいり》な眼差《まなざ》しを思い出した私は、ぞくっと肩《かた》を震わせる。

そうね……あの国王謁見だけで、あの子は将軍や宮廷魔術師長《きゅうていまじゅつし》、宮廷薬師長《くすし》も味方につけたわ。

エディアルド＝ハーディン、ずっと愚かな子のままでいてくれたら良かったのに。

このまま放っておくわけにはいかなくなったわね。

私は部下の方を見た。

「例の踊《おど》り子を呼んで頂戴《ちょうだい》。計画を実行に移すわ」

「計画の実行……ということは⁉」

「私の邪魔《じゃま》をする者はすべて殺す」

私はテーブルの上に飾《かざ》ってある一輪挿《いちりんざ》しの薔薇《ばら》の花冠《かかん》を握りつぶした。

「……テレス妃殿下のお心のままに」

部下は深々と頭《こうべ》を垂れて跪《ひざまず》く。

私は窓から見える空を見上げた。

外は満月がいつになく大きく、皓々《こうこう》と輝《かがや》いていた。

窓に向かって手を伸《の》ばす。

ひらひらと先程《さきほど》握りつぶした薔薇の花びらが床《ゆか》に落ちる。

富、名誉《めいよ》、権力……全《すべ》てを手に入れた女と、皆《みな》は私を褒《ほ》め讃《たた》えるわ。

でもまだまだ足りない。

私は頂点を極《きわ》めたいの。

国王や王妃、あの宰相《さいしょう》の顔色を窺《うかが》うなんて冗談《じょうだん》じゃない。

全ての人間が私に跪かないと嫌なの。

まず私の可愛《かわい》い息子《むすこ》アーノルドを王にする。

私は国王の母になるの。

その為《ため》なら邪魔な人間は何人でも消してやるわ。


けれども私はまだ知らなかった。

ハーディン王国が次期国王を巡《めぐ》り揺《ゆ》れている裏で、この世界を震撼《しんかん》させる程の脅威《きょうい》が動き始めていたことを。

そしてその脅威が私自身の運命も大きく変えてしまうことを。

あとがき

この度《たび》は『悪役令嬢《れいじょう》に転生した私と悪役王子に転生した俺《おれ》』の2巻を手に取っていただき、誠《まこと》にありがとうございます。

現在コミカライズも連載《れんさい》中ですので合わせてお楽しみいただけたら、と思います。

書籍《しょせき》版、ＷＥＢ版、コミカライズ、同じ物語ではありますが、それぞれ違《ちが》う味わいがあって楽しめると思います。

さて2巻についてですが、甘々《あまあま》だった前回とは打って変わって、徐々《じょじょ》にシリアス展開になって参りました。

味方サイドで主な新キャラはクロノム親子。

個人的にはクロノム公爵《こうしゃく》が気に入っています。策略家な一面、冷酷《れいこく》な一面、そして親馬鹿《おやばか》な一面（ただしデイジーのみ）、なかなか、一人でこんなに色んな顔を持つ人もいないので書いていて楽しかったです。

息子《むすこ》のアドニスですが、敵に回ったら一番嫌《いや》なキャラをエディアルドの参謀《さんぼう》にしよう、と考えて出来上がったのが彼《かれ》でした。

そして1巻では名前しか出てこなかった主人公に立ちはだかる敵が、2巻で登場することになりました。

我《わ》が子を国王にする為《ため》にエディアルドを排除《はいじょ》しようとするテレス＝ハーディン妃殿下《ひでんか》。人間界を侵略《しんりやく》し、自分の王国を作ろうとしている魔族《まぞく》の皇子ディノ。他にも厄介《やっかい》な人たちがいますが、次々立ちはだかってくる障害をクラリスとエディアルドがどう乗り越《こ》えるか、これからも見守っていただけたら幸いです。

担当の江野本様。本当にお忙《いそが》しい中、1巻の時から初歩的なことから相談、アドバイスをしていただきありがとうございます。

校閲《こうえつ》様、営業様など、第2巻を出版するに際して尽力《じんりよく》してくださった皆様《みなさま》、そして読者の皆様に心より御礼《おれい》申し上げます。

本書は、カクヨムに掲載中の『悪役令嬢に転生した私と悪役王子に転生した俺』を加筆修正したものです。

DRAGON NOVELS
ドラゴンノベルス

悪役令嬢に転生した私と悪役王子に転生した俺2

2024年3月5日　初版発行

著　者　秋作《しゅうさく》

発行者　山下直久

発　行　株式会社KADOKAWA
〒102-8177　東京都千代田区富士見2-13-3
電話0570-002-301（ナビダイヤル）

編　集　ゲーム・企画書籍編集部

装　丁　杉本臣希

D T P　株式会社スタジオ205プラス

印刷所　大日本印刷株式会社

製本所　大日本印刷株式会社

DRAGON NOVELS ロゴデザイン　久留一郎デザイン室+YAZIRI

●お問い合わせ
https://www.kadokawa.co.jp/（「お問い合わせ」へお進みください）
※内容によっては、お答えできない場合があります。
※サポートは日本国内のみとさせていただきます。
※ Japanese text only

定価（または価格）はカバーに表示してあります。

ISBN978-4-04-075356-0　C0093